Odette Larrieu

O Romance da Raposa

TRADUÇÃO E ADAPTAÇÃO: ERALDO MIRANDA

ILUSTRAÇÕES
BILL BORGES

Ciranda
na Escola

Para Marc, Dida e Patrick Gadú, pelos dias de música, palavras e histórias...

Dados Internacionais de Catalogação na Publicação (CIP) de acordo com ISBD

L334r   Larrieu, Odette
       O Romance da Raposa / Odette Larrieu ; traduzido por Eraldo Miranda ; ilustrado por Bill Borges. - Jandira, SP : Ciranda na Escola, 2020.
       128 p. : il. ; 15,50cm x 22,60cm.

       Tradução de: le Roman de Renard
       ISBN: 978-65-5500-241-6

       1. Literatura infantil. 2. Comportamento Animal. 3. Astúcia. 4. Persuasão. 5. Literatura francesa. I. Miranda, Eraldo. II. Borges, Bill. III. Título.

CDD 028.5
CDU 82-93

2020-1304

Elaborado por Vagner Rodolfo da Silva - CRB-8/9410
Índice para catálogo sistemático:
1. Literatura infantil 028.5
2. Literatura infantil 82-93

Este livro foi impresso em fonte Sensation light em março de 2024.

Ciranda na Escola é um selo da Ciranda Cultural.

Le Roman de Renard, publicado em 1925, pela Librairie Hachette, Paris.

© 2020 Ciranda Cultural Editora e Distribuidora Ltda.
Tradução e Adaptação textual: © Eraldo Miranda
Texto: © Odette Larrieu
Ilustrações: © Bill Borges
Projeto gráfico e diagramação: Ana Dóbon
Revisão: Lindsay Viola
Produção: Ciranda Cultural

1ª Edição em novembro de 2020
2ª Impressão
www.cirandacultural.com.br

Todos os direitos reservados. Nenhuma parte desta publicação pode ser reproduzida, arquivada em sistema de busca ou transmitida por qualquer meio, seja ele eletrônico, fotocópia, gravação ou outros, sem prévia autorização do detentor dos direitos, e não pode circular encadernada ou encapada de maneira distinta daquela em que foi publicada, ou sem que as mesmas condições sejam impostas aos compradores subsequentes.

SUMÁRIO

Prefácio..5
O Rei do Galinheiro..7
Os Pescadores e o Lobo 17
A Partilha da Linguiça...27
O Dilúvio..37
O Poço dos Monges..45
A Divisa dos Garrotes...55
A Fúria do Rei...65
O Tesouro do Mestre Raposo............................75
O Destino de Cornélio 89
A Grande Amizade...99
O Nariz do Caçador..111
O Fim do Mestre Raposo.................................121

PREFÁCIO

Na tradição oral universal, a raposa é a grande celebridade animal que inspira o imaginário popular há séculos. No universo das florestas, a raposa é o malandro dos animais. Trapaceira igual, não há. Não respeita nada nem ninguém e vive de tirar proveito de tudo e todos.

Mas, convenhamos, é um animal encantador, fino, de aparência nobre. Sua pelagem se harmoniza com as cores dos ambientes em que vive: é de cor amarelo-escura nas estepes, amarelo-areia nos desertos e, na imensidão gelada polar, branca misturada à neve. Assume as mais variadas cores para levar adiante suas traquinagens e, assim, se esgueirar sorrateira e discretamente nas andanças mal-intencionadas.

O conjunto de aventuras da raposa que compõe este livro colocará diante de seus olhos toda a cena de um mundo de animais bem organizados, como o modelo da sociedade humana. Está aí uma narrativa de situações alegoricamente irônicas, que escarnece da sociedade dita organizada nos seus princípios sociais, políticos, morais e éticos.

A impressão que se tem é de que o narrador das histórias quis unicamente divertir, sem azedar os conflitos. Quis apenas contar uma boa história. Deixa a cargo dos olhos do leitor fazer seus julgamentos ou simplesmente apreciar as narrativas.

O Romance da Raposa é uma cativante mistura de mentiras-verdades e verdades-mentiras. Bem-vindos, se acheguem e adentrem na toca da raposa.

O Rei do Galinheiro

Há muito tempo, no tempo em que os animais falavam – que pode ser este tempo em que vivemos –, vivia uma astuta raposa conhecida de norte a sul e de leste a oeste em sua toca, O Castelo. Sua fama de praticar golpes tanto nos inimigos quanto nos amigos e fazer os mais diferentes tipos de traquinagens com quem aparecesse pela frente se espalhava muito além de suas terras.

Pequeno, de olhos rápidos, Mestre Raposo, coberto com pelo ruivo e dono de uma longa cauda felpuda, parecia ter molas nas suas ágeis patas. Seu focinho fino e elegante sempre o guiava aos mais saborosos alvos. Não bastassem essas qualidades, ele tinha mais uma, talvez a mais importante: era hábil nas palavras, que usava com maestria, sempre a seu favor. Sua mente brilhante a todo momento arquitetava novas artimanhas. Como o dia em que se fingiu de morto ao ver um casal de pardais se aproximando. Os pássaros, ao verem que o temido animal estava morto, se aproximaram vagarosamente e, corajosos, começaram a procurar comida muito perto do focinho da raposa. De repente, zaz!, menos um pardal! O bote rápido não deu nem chance à pobre senhora Pardal. Já o senhor Pardal, vendo que o Mestre Raposo havia ressuscitado e mandado sua esposa para a pança, fugiu bem depressa, mas ainda teve tempo de ouvir o Mestre Raposo dizendo:

– Ah, meus filhos, viram esse truque? Pois guardem-no muito bem em sua mente. Ele lhes será muito útil na vida e, acreditem, sempre dá certo!

A poucos passos de distância, escondidos em uma toca, os dois filhos de Mestre Raposo o observavam com orgulho. Radagásio era o mais rápido, e Ranulfo, o mais cauteloso. Os olhos do Mestre Raposo sempre brilhavam quando ele falava da família. Sua esposa, dona Romana, era sua grande protetora, boa mãe e adorável companheira. Ela havia se apaixonado por ele nos tempos em que o malandro vivia numa toca em que mal cabiam quatro patas. A proteção na corte do grande rei César, o Leão, lhe rendeu fortuna e sucesso. Desde então, o casal passou a viver na toca O Castelo, cobiçada por muitos bichos. Seus dois filhos, a quem ele chamava de "meus pequenos aprendizes", seguiam à risca os ensinamentos do pai. Tinham por ele tanta admiração que copiavam até os piores defeitos, que faziam com que o Mestre Raposo fosse um dos animais mais temidos e odiados dentro e fora dos muros da corte.

O senhor d'O Castelo não se contentava apenas em aplicar seus golpes e artimanhas para seu proveito. Tinha prazer em ser cruel em suas vinganças, as quais maquinava com sua inteligência superior e com sua conversa habilidosa com aqueles que fossem mais fortes e vigorosos do que ele, a começar por César, o rei. Os menores e mais fracos? Ah, com esses ele nem se importava. Eram presas fáceis.

Certa manhã, percebeu que a esposa e os filhos estavam sentados com ar de desânimo. Os três tinham certa tristeza no olhar. Logo o Mestre Raposo soube o por quê. Como havia dois dias que ele não conseguia nenhuma caça, a despensa estava vazia. No varal do teto, onde costumavam pendurar a carne, não havia nem a mais magra das galinhas. Mestre Raposo saía cedo, procurava alguma presa e... nada! Voltava com a cauda baixa de vergonha e de mãos abanando para sua toca.

Os fazendeiros e criadores de aves dos arredores, cansados de tomar prejuízo por causa dos golpes do Mestre Raposo, haviam protegido fortemente seus galinheiros, não lhe dando chance de pegar nem um frango que fosse. A fome, agora, começava a agoniar não somente a sua família, mas a ele também.

Desesperado, disse para a esposa, Romana:

– Querida, vou tentar surrupiar nem que seja um pintinho do galinheiro, seja lá pelo que tiver que passar! Fique tranquila que logo volto!

Sorrateiramente, dirigiu-se ao galinheiro do senhor Pedro das Pitangas, um dos homens mais abastados da região e dono de grande extensão de terras que ficavam bem perto da toca O Castelo. Naquele galinheiro, já havia feito grandes traquinagens e dera muito prejuízo ao proprietário. Porém, os ventos não pareciam estar mais a seu favor. Tudo ali estava muito mudado. O galinheiro se assemelhava a uma fortaleza, com seus portões de grossa madeira, trancados com tantas chaves quanto podiam, e uma cerca nova, de arames grossos e resistentes. E o malandro desistiu? Nada disso, ficou ali, olhando para o lugar com paciência, sem nem piscar os olhos.

Depois de algum tempo, começou a andar pra lá e pra cá, a vasculhar todos os cantos, e acabou descobrindo uma pequena abertura no arame, bem perto do chão, mas que foi suficiente para ele conseguir entrar.

Com astúcia, afinou-se e deslizou pelo pequeno buraco, que, acreditem, era muito pequeno até mesmo para uma raposa magra. Mas o Mestre Raposo, sabe-se lá como, conseguiu passar e, num instante, apareceu sorridente do outro lado.

Galos e galinhas se alvoroçaram com a aparição assombrosa e ameaçadora do bicho ruivo. Começou então uma tremenda algazarra. As aves ficaram enlouquecidas e correram para os fundos do galinheiro. A aparição de tão assustadora ameaça deixou todas em pânico. A algazarra era tanta, que mal se ouvia o galo Belocanto pedir calma. Então, ele falou com voz alta e confiante:

– Se o Raposo tentar colocar uma unha que seja sobre qualquer uma de vocês, tenham confiança em mim, sou bastante forte para defendê-las! Fiquem calmas, que eu respondo pela segurança deste galinheiro! Além do mais, a esta hora e com o barulho potente da batida das minhas asas, o velhaco já deve estar longe!

Apesar da aparente segurança, Belocanto sabia que era necessário muito mais que uma batida de asas potente para vencer o Mestre Raposo, que naquele momento estava escondido detrás de um arbusto. Só seus olhos brilhantes, sagazes e pacientes estavam à mostra, esperando o momento certo para atacar.

Belocanto, percebendo que o ladrão não aparecia, estufou o peito e, com jeito fanfarrão, seguiu a passos pomposos e firmes para o centro do galinheiro. E, ciscando aqui e acolá, olhando com a cabeça lá nas nuvens para todos os lados, ouvia com orgulho as galinhas cacarejarem baixinho:

– Como é audacioso nosso protetor! Que ar soberbo tem nosso herói! Ah, muito melhor do que o covarde do Pedro das Pitangas, que nem ao menos apareceu aqui com nossos gritos!

Ao ouvir aqueles elogios, o Belocanto redobrou o topete e ciscou o chão com ainda mais força. Mestre Raposo, vendo que o protetor das galinhas estava distraído pelo seu orgulho, sentiu que aquele era o momento. Deu um bote rápido, mas... nada! Belocanto, apesar de estar distraído, tinha o ouvido extremamente sensível. Quando o malandro pensou em atacá-lo, ele já estava empoleirado sobre um barril, zombando de Raposo, sob os olhares admirados de todo o galinheiro.

Sentindo-se seguro e em vantagem contra o oponente, falou:

– Ora, seu lento Raposo, achou mesmo que iria me devorar tão facilmente assim? Mas é mesmo um tolo que pensa ter agilidade!

Mestre Raposo, dissimulando a frustração, respondeu, de maneira bastante amável:

– Eu, devorar você, Belocanto? Está muito enganado! Quis apenas lhe dar meu abraço caloroso, caro primo. Não tinha necessidade alguma de se desviar de mim. Somente não o fiz antes porque você estava cercado de amigos. Quando vi que estava sozinho no centro do galinheiro, decidi lhe fazer uma surpresa e me atirei, bruscamente, confesso, mas com excesso de amabilidade. Por que este ar assombrado e desconfiado? Pelo jeito já se esqueceu que nossos queridos pais eram como irmãos e nutriam a mais profunda amizade entre eles...

O galo Belocanto balançou a crista vermelha para um lado e para o outro. Mexeu os olhos rapidamente.

– Recordou-se, não é, entendo seus suspiros de saudade! – continuou o Ruivo traquinas. – A morte de Cantacedo foi dolorosa para todos nós, uma grande perda. E tanto foi que minha esposa e eu nos cobrimos de luto pelo meu estimado tio. Ah, me lembro de que, quando ele fechava seus lindos olhos, cantava de maneira incomparável. Nunca mais ouvirei um cantar tão belo. Ele era único!

Belocanto, emocionado e deslumbrado com os elogios do golpista ao seu pai, soltou um retumbante cantar e falou, orgulhoso:

– Então, primo Raposo, o que me diz deste meu belo cantar?

– Desculpe minha sinceridade, caro primo, não quero desmerecê-lo ou desanimá-lo. Seria deselegância da minha parte, mas também seria falta de inteligência comparar os cantares. Cantacedo, quando abria o bico e cantava, era ouvido a grandes distâncias. Há lendas que dizem que o som do seu canto cruzou as fronteiras de nossas terras. Além disso, era só ele cantar para que os outros galos, admirados e enciumados, calassem seus bicos por meses e meses. Ainda me lembro, como se fosse hoje, de como seu pai era majestoso. Sempre de cabeça erguida, esporas estendidas, cauda em leque e olhos cerrados. Como fechava magnificamente os olhos para cantar! Desculpe, primo, não dá para comparar! – Mestre Raposo fez uma pequena pausa dramática e só então, concluiu: – Verdade, verdadeira, você está longe de chegar às esporas de seu pai. Ah, os olhos fechados... É só eu fechar os meus e ver seu pai cantando de olhos fechados, quanta saudade!

– Raposo, certeza que meu pai fechava os olhos para seu cantar ser perfeito?

– Como eu haveria de mentir? Presenciei esse fato várias vezes. Algumas vezes, eu até madrugava para poder vê-lo cantar de olhos fechados.

E, o Galo, desconfiado, falou:

– Desculpe, mas é que tenho dúvidas sobre nosso parentesco.

O Ruivo, balançando a magnífica cauda, mas com os olhos baixos, disse:

— Nunca me senti tão ofendido na vida! Eu, aqui, de bom coração, lhe dando dicas de como você pode se tornar melhor cantador que seu pai, e mais, de todas estas terras, e você duvida de mim? Faça-me o favor, Belocanto! — novamente Mestre Raposo balançou a cabeça, como se estivesse decepcionado com o comportamento do galo. — Tenha certeza de que é por amizade que lhe contei tudo que vivi com seu pai. E também quero ajudá-lo, porque você, além de ser meu parente, tem grande potencial no seu cantar. Mas, sinceramente, você me deixou bastante indignado. Até mais, meu primo, e passar bem!

Raposo, vagarosamente, fez menção de virar a cabeça para partir, mas não deu tempo e o Galo gritou:

— Primo, espere, espere! O que você acha de eu cantar novamente? Aí poderá dizer onde estou errando!

O trapaceiro balançou positivamente a cabeça, que fervia de impaciência para ter o Galo bem preso à sua boca. Belocanto estufou seu peito e fechou os olhos.

Era tudo o que o vigarista queria. O bote foi tão certeiro, que não deu tempo nem ao menos de o galo abrir o bico. O Mestre Raposo fugiu com o infeliz preso na boca, numa louca disparada. Na fuga, bateu no barril em que Belocanto estava empoleirado e o derrubou. O barulho foi tão grande, que o proprietário do galinheiro, Pedro das Pitangas, escutando o bater frenético de asas e o alarido desesperado das galinhas, saiu de porrete na mão. Ainda deu tempo de ver Raposo correr e desaparecer com seu galo cantor, enquanto gritava, furioso:

— Pega a raposa, pega a raposa ladra!

Os criados, ao ouvirem os gritos do patrão, saíram de porrete e pedras nas mãos, numa feroz perseguição ao vigarista. Mas não havia páreo para a velocidade do esperto Raposo. Ainda mais com uma presa na boca.

Pobre Belocanto! Muito ferido, em suas últimas palavras entrecortadas, lamentava seu triste fim:

– Ah, cruel Raposo... Ruivo trapaceiro. Que belo parentesco, onde está nossa amizade, primo? Diga-me, quem poderá confiar na sua língua de ouro, quem? Seu falso...

Raposo, consolando o galo, respondeu, escarnecendo:

– Meu primo, cedo ou tarde sua sorte seria a de ser devorado. Sendo assim, melhor que seja por mim mesmo. Além do mais, não acredito que você teria coragem de deixar um parente seu morrer de fome, não é mesmo? Pense positivo, sua compaixão vai encher a minha barriga e a da minha família!

Não acreditando em uma só vírgula do que o velhaco falava, mas já consolado com seu destino, respondeu inesperadamente:

– Está bem, Raposo, que assim seja. E mais, você está com a razão, eu desisto. A vida não vale a pena mesmo – deu um suspiro e arriscou um pedido: – Será que poderia fazer a minha última vontade?

– Certamente, meu saboroso primo.

Enquanto isso, a algazarra dos criados que os perseguiam era cada vez maior. A gritaria era ensurdecedora:

– Pega a raposa ladra, pega a raposa ladra!

E Belocanto, quase sem voz, lhe pediu:

– Aqueles homens são cruéis conosco lá no galinheiro. Queria que você gritasse com eles, que os ofendesse. Se eles ficarem furiosos com suas ofensas, estarei vingado. Você pode gritar assim: "Seus tolos, enquanto me perseguem, um lobo devora suas criações. Até mais, meus sócios".

Raposo, cuja virtude era a esperteza para enganar suas presas e seus inimigos, ao sentir-se vitorioso, esqueceu-se de qualquer cautela. O desejo de deixar seus perseguidores furiosos com suas palavras tomou conta de seu coração. Foi quando ele gritou a plenos pulmões. E perdeu sua presa! Nem bem abriu a boca, Belocanto se aproveitou do vacilo de seu caçador e, utilizando suas últimas forças, voou para o galho mais alto de uma árvore, escapando das fortes mandíbulas.

Depois de respirar o ar fresco e se ver a salvo, o galo caiu na gargalhada. O que fez Mestre Raposo ficar possuído de raiva. Tanto, que se esqueceu que os homens vinham em seu encalço.

Mais vermelho do que ruivo, deu um grande pulo na intenção de agarrar novamente o galo, mas foi inútil.

"Infeliz minha boca que se abriu em lugar de calar", pensou.

E, como seus caçadores se aproximavam, Raposo interrompeu sua intenção de recapturar Belocanto e falou, em tom vingativo, antes de partir:

– Meu primo, não se esqueça do que lhe falei! Ainda vai terminar numa boca! E não se esqueça de dormir com os dois olhos bem abertos. Até nosso próximo encontro...

Com o rabo entre as pernas, voltou correndo e envergonhado para O Castelo, querendo esquecer-se daquela história.

Já no galinheiro, Belocanto retornou triunfante, salvo por sua sabedoria e ousadia, e isso lhe garantiu pelo restante de seus dias a admiração de todos os habitantes dali.

Quanto a Raposo, esquecendo ou não aquela história, foi dormir e ficou de focinho calado! Até para suas derrotas ele era astuto, aprendia rápido e, além do mais, contava a história à sua maneira, à maneira dos vitoriosos, pois, para ele, derrota também era uma vitória, já que sempre se podia aprender algo útil.

OS PESCADORES E O LOBO

Na manhã seguinte, quando o sol começou a beliscar a terra com a ponta de seus luminosos dedos, Raposo saiu ansioso em busca do desjejum matinal. Tinha certeza de que naquele dia sua sorte seria melhor e não tardaria em encontrar uma suculenta iguaria para apreciar. O danado do vigarista sempre pensava positivo. Para ele, tudo era uma grande oportunidade.

Com esses pensamentos vagando com ele pelos infinitos campos, buscava com seu faro apurado os paladares que o amigo vento lhe soprava nas narinas. Porém, até aquele momento... nada!

A neve que cobria todo o campo parecia um longo tapete branco, pintado pelo movimento quase invisível do Ruivo, que caminhava suave, com passos delicados, para que nenhum de seus inimigos de ouvidos sensíveis notassem sua presença.

Ao olhar para trás e ver seus rastros na neve, a perder de vista, percebeu que já havia caminhado muito. Olhou para um lado e depois para o outro e viu que havia caminhado paralelamente a uma estrada, pois acabara de ouvir o forte som de rodas que vinham firmes e se aproximavam. Escutou vozes, viu que eram dois pescadores que voltavam de mais um dia de trabalho. Aproximou-se, curioso, e ouviu quando um homem falou:

– Meu amigo, hoje realmente a pesca foi ótima!

– Nem me fale, foi mesmo! – o outro respondeu. – Olha que belas tainhas, sem contar as mais de vinte enguias. Teremos grande lucro no mercado hoje!

Ao ouvir aquilo, a boca do Mestre Raposo se encheu d'água. Em segundos, ele já tinha um plano em sua cabeça. Saiu em disparada, correu paralelamente à estrada e, quando estava bem à frente no caminho, em uma curva, deitou-se no meio da passagem. A cena era até engraçada, se os pescadores soubessem que era apenas uma lorota do vigarista. As quatro patas para o ar, a língua de fora, ficou imóvel, fingindo-se de morto.

Logo a carroça se aproximou e, mesmo sabendo que poderia ser esmagado pelas patas do cavalo e pelas pesadas rodas, Raposo ficou ali, imóvel, olhando apenas com o canto de um olho.

De repente, a carroça parou bruscamente e o malandro ouviu os gritos dos homens:

– Amigo, o que é aquilo estendido no meio da estrada?

– Companheiro, só pode ser um cachorro!

– Cachorro nada, é lobo mesmo!

– Acho que pela cor do pelo é uma raposa! E deve estar morta, pois não mexe um dedo!

Curiosos, os homens desceram apressados da carroça e, ao se aproximarem de Raposo, um falou:

–É, está mortinha mesmo!

Já o outro respondeu, olhando com mais cuidado:

– Deve ter morrido quase agora. Tem pouca neve sobre ela e está até quentinha. Sei o que estou falando, entendo direitinho de bicho morto e essa infeliz já era!

Desconfiado, o companheiro respondeu:

– Tem certeza de que está morta mesmo? Dizem que as raposas são bichos espertos e traiçoeiros. Sempre ouvi histórias sobre suas trapaças, dizem até que são bruxas!

O outro, contrariado, respondeu:

– Acha mesmo que sou um tolo? Já lhe disse que entendo como ninguém de bichos mortos. Nem respira mais!

E, num gesto rápido, pegou Raposo pelo rabo e o lançou sobre os cestos de pescados. Gargalhando, continuou a falar:

– Viu, amigo, esse bicho já está tão mortinho como nossos pescados! Que bela raposa! Esta pele ruiva e branca vai encher nossos bolsos de dinheiro. Vale muito mesmo!

A carroça recomeçou a andar e o outro homem respondeu:

– Creio que vale bem mais do que três moedas de ouro! – então pensou um pouco e se corrigiu: – Com essa pele vermelha com pelos tão longos, deve valer mesmo umas sete moedas!

Conversa vai, conversa vem, os dois pescadores começaram a fazer planos sobre o que fariam com as moedas de ouro que ganhariam com a pele da raposa que haviam encontrado.

Já o Mestre Raposo, morto mesmo era de fome, abriu devagarinho um olho, depois o outro e, como viu que os dois pescadores estavam entretidos na conversa, enfiou o focinho no cesto.

Sorte dele que em momento algum os pescadores olharam para trás. Caso isso tivesse acontecido, em vez de um morto, teriam visto apenas as patas traseiras e a cauda do trapaceiro enfiadas num cesto, o que colocaria tudo a perder para o malandro.

Raposo estava tão faminto que foi devorando as enguias e as tainhas quase sem mastigar. Devorou tudo com tanta rapidez, que parecia ter comido um boi inteiro. Já saciado, pendurou quatro enguias no pescoço para levar para sua família na sua toca e matar a fome da amada esposa e dos filhos. Já ia saindo de fininho, mas, curioso, decidiu ouvir um pouco mais da discussão dos dois

pescadores, que pareciam ter deixado a velha amizade alguns quilômetros para trás. E o motivo da discussão era saber quem ficaria com a maior parte dos lucros com a venda da pele da raposa.

– Você acha que sou tolo? – um deles gritou. – Eu vi a raposa primeiro e a maior parte dos lucros é minha por direito! Nem deveria dividir nada com você!

– Eu deveria ter percebido antes que você é um mau caráter! Em primeiro lugar, esta carroça é minha. Em segundo, se não fosse por mim, você teria deixado a raposa na estrada.

– Por que você diz isso?

– Ora, pensa que me engana? Veio com aquela conversa estúpida, dizendo que raposa é uma bruxa e que ela estava se fazendo de morta para nos enganar! É um idiota supersticioso, isso que é!

– Se eu sou um idiota, você é um cego e não enxergaria aquela raposa na estrada nunca! Não vou perder meu tempo com um ladrão como você!

– Ladrão é você! Vou pegar a raposa e sair desta sua porcaria de carroça!

Mal acabaram de falar, começaram a trocar socos e bofetadas. Era pancada para todos os lados. Ao ver aquilo, Mestre Raposo caiu na gargalhada. Riu tanto que sentiu a barriga doer. Então, devagar, sem fazer barulho, saltou da carroça com as enguias em volta do pescoço. Quando se viu a uma distância segura, gritou para os pescadores com um tom de voz sarcástico e zombeteiro:

– Meus sócios e amigos, até nosso breve encontro! Como prova de nossa amizade, deixei algumas enguias e tainhas no cesto! Minhas desculpas por não deixar minha pele para vocês, que foram tão gentis ao doar estas deliciosas enguias, mas preciso dela para me proteger do frio. Não fiquem magoados comigo. Adeus!

Enfurecidos com as palavras do Mestre Raposo, os pescadores pararam de brigar e gritaram, ao mesmo tempo, os olhos saltados e a boca espumando de raiva:

– Seu vigarista, vamos pegar você algum dia! Pode escrever que nunca mais vai nos enganar, raposa velha. Você cairá em nossas mãos, mesmo que isso nos custe os últimos dias de vida aqui na Terra!

Enquanto ouvia os pescadores, o malandro foi se afastando, desaparecendo na neve. Ao se aproximar dos portões d'O Castelo, foi anunciando aos berros a sua conquista:

– A fome acabou, minha família, vamos cear, vamos cear...

A esposa e os filhos se aproximaram, soltando gritos de alegria, e todos se abraçaram. Entraram na toca e, enquanto Ramona preparava o jantar, cortando e enfiando as enguias no espeto para assá-las, Raposo narrava as aventuras com os dois pescadores, o que fez Radagásio e Ranulfo caírem na gargalhada. Porém, o aroma das enguias assando escapou pelas janelas da cozinha e foi para a rua, onde Inocêncio, o Lobo, passava. Ele logo parou para descobrir de onde vinha aquele delicioso cheiro que estava sentindo.

É preciso dizer que o lobo Inocêncio ora era amigo, ora era inimigo de Raposo, e isso dependia dos interesses de ambos. Pois bem, o caso é que quando notou que o aroma vinha da toca do Ruivo, passou a língua pelos beiços, já salivando, pois não se alimentava havia dias. Sem perder tempo, se aproximou da porta. E, apesar da pompa e do orgulho que sentia do seu título de nobreza, ele era uma criatura tola, que vivia sendo manipulada pelos membros da corte. Não tinha a inteligência de Raposo, muito menos a astúcia. Então, usava de força e truculência para tomar aquilo que desejava. Assim, pensando na sua barriga, naquele dia, decidiu ser amigo do Ruivo, já que lhe era conveniente.

Assim que Inocêncio bateu à porta, Raposo perguntou:

– Quem bate?

– Sou eu, meu grande amigo Raposo.

– Mas este amigo por acaso possui um nome?

– Sim, sou eu, seu velho amigo, Inocêncio, o Lobo.

– O que lhe traz à minha casa... amigo Inocêncio?

– Ah, meu amigo, desculpa a sinceridade, mas gostaria muito que me abrisse a porta de seu maravilhoso lar e me desse da comida que está espalhando pelas ruas um aroma irresistível!

Raposo já ia gritar, dizendo que não, mas prendeu a respiração por uns segundos. Enquanto pensava, ouviu a voz faminta do Lobo, que já parecia estar perdendo a paciência:

– Raposo, vai abrir a porta ou não? Diga alguma coisa!

O velhaco com as mãos na boca para que seu tolo amigo não o ouvisse rindo, respondeu:

– Sinto muito, mas para entrar na minha casa é preciso ser um monge!

Surpreso com aquela resposta, Inocêncio perguntou:

– Como assim? Não sabia que você era monge, meu amigo, você é?

– E como não, sou sim, e um grande monge da ordem do Bernardo, O Eremita!

– Como faço para entrar, Raposo? Há muito me interesso por seguir uma vida dedicada a boas obras.

O malandro ficou rindo em silêncio por um breve tempo, interrompido pelo Lobo, que desejava mesmo era comer logo.

– Raposo, deixe-me entrar na sua casa! O que está comendo?

– Um macio queijo e um saboroso peixe na brasa!

– Poderia me oferecer um pedacinho apenas para eu provar?

Já penalizado com os pedidos de Inocêncio, Raposo lhe deu um pedaço do peixe por debaixo da porta, o qual o Lobo saboreou com avidez. Desejando outro pedaço de qualquer maneira, perguntou:

– Amigo, se eu for um monge, quantos peixes eu poderia comer?

Mestre Raposo, notando que aquele marreco já estava no papo, respondeu:

– O que aguentar, meu caro, além de outras delícias a mais, pois, percebendo a sua inteligência, tenho certeza de que não demoraria a ser um abade. Aí, sim, grande Inocêncio, teria à mesa as iguarias que sua faminta boca desejasse! Não sei se já falaram para você, mas para ser iniciado monge é necessário fazer a tonsura – Mestre Raposo teve de parar de falar, senão Inocêncio iria perceber que ele estava prestes a cair na gargalhada. Assim que conseguiu segurar o riso, continuou: – Sei como lhe são caros seus nobres pelos da cabeça, por isso duvido que aceite essa condição.

Impaciente por querer comer ainda mais, o Lobo exclamou:

– Acredite em minhas palavras, eu quero, faça logo a tonsura! Se é somente isso, abro mão de meus nobres pelos da cabeça!

– Sem dúvida, espere um instante, vou buscar o necessário.

Raposo, sem perder tempo, pediu que aguardasse um instante para ir buscar a tesoura. No entanto, foi até o fogão e pegou uma panela de água fervente e, se colocando atrás da porta, a abriu de maneira que Inocêncio colocasse a cabeça para dentro e falou:

– Amigo, agora sem mais perguntas, passe a cabeça para dentro, que vou lhe fazer a tonsura!

Inocêncio, faminto, não pensou duas vezes e colocou a cabeça para dentro da casa do vigarista, que lhe derramou água fervente sobre a cabeça, deixando-o sem pelo e com uma grande mancha vermelha. Gemendo de dor e crente de que em breve teria à sua frente saborosas enguias, o que lhe aliviaria a dor, perguntou:

— Irmão Raposo, esta tonsura não ficou bastante larga?

O espertalhão respondeu, segurando a gargalhada:

— Não, irmão Inocêncio, está de acordo com o tamanho de sua cabeça! Mas ainda não acabou, já que, segundo nossa ordem, você deverá passar por uma noite de provas. Terá de ir pescar para todos no convento e, se trouxer ao menos um peixe de sua pescaria, as portas lhes estarão abertas. Irei com você e devemos partir agora.

Gemendo de dor, o Lobo partiu imediatamente com Raposo. No meio do mais rigoroso inverno, encontraram um pequeno lago, tão congelado, que homens ou animais podiam passear sobre ele sem a menor preocupação. O falastrão levou Inocêncio no lugar que desejava! Então, ao se aproximarem de um buraco cavado no gelo pelos homens para dar de beber a seus animais pelas manhãs, viu um balde e, amarrando-o firmemente à cauda de Inocêncio, disse:

— Meu irmão, mergulhe sem medo o balde e sua cauda na água e aguarde, que amanhã estará lotado de deliciosos peixes em quantidade tão grande que você precisará de muita força para tirá-los. Saiba que este sacrifício lhe valerá mesas recheadas de iguarias que nem em sonhos teve. Por isso, coragem. Só mais uma coisa: de maneira alguma retire o balde do buraco antes de o sol se erguer amanhã, meu irmão Inocêncio, mantenha-se imóvel, e tenha fé.

Ao tomar certa distância, Raposo caiu na gargalhada, enquanto o Lobo batia os dentes de frio. Ao voltar para o lar junto à sua família, o mentiroso terminou o jantar, se deleitando com as enguias assadas. Já Inocêncio, acreditando nas palavras do Ruivo, ficou lá, na noite fria, imóvel, cumprindo sua missão. De vez em quando, sentia certo incômodo, parecia que alguém lhe dava leves puxões na cauda. Conforme as horas iam passando, o peso do balde ficava cada vez maior.

– Hummm, o balde está cada vez mais pesado. Foi como falou o irmão Raposo, está se enchendo de saborosos petiscos. Ah, está mesmo pesado de belos e suculentos peixes. Certamente serei recompensado pela manhã! – Inocêncio falou consigo mesmo. Tremia de frio, a cabeça queimava, mas a esperança de encher o estômago fazia com que ele não desanimasse.

Assim, as horas foram se passando e cada vez mais o peso aumentava. O Lobo achou que já poderia tirar o balde, mas, quando se virou para puxá-lo, qual não foi sua surpresa! O gelo se fechara ao redor de sua cauda durante a noite. Naquele momento, Inocêncio entendeu tudo o que estava acontecendo: aquele peso não eram peixes, e sim, gelo!

Um grande desespero tomou conta dele. Por mais que puxasse, o balde nem se mexia. O esforço que Inocêncio fazia era tanto, que os olhos quase lhes saíam pelas órbitas. A única coisa que conseguiu foi ficar dolorido. Implorando por socorro divino e gritando entre os dentes seu ódio e fúria por Mestre Raposo, ficou também se ofendendo pela insensata ingenuidade, mas tudo em voz baixa, pois temia que seus sussurros fossem ouvidos pelos homens do povoado. Aí, sim, seria seu fim nas mãos dos caçadores.

Inocêncio não podia fazer outra coisa senão esperar pelo amanhecer. Para seu desespero, o dia acordou coberto de névoa, pálido e sem ao menos um raio de sol. Um medo enorme tomou conta de seu coração. Se os camponeses aparecessem por ali, seria morte certa.

Não demorou muito e seus temores se concretizaram. Começou a ouvir, ao longe, os latidos dos cachorros que se aproximavam junto dos homens e, apavorado, Inocêncio tentou se encolher para ver se passava despercebido. Porém, para seu azar, os cachorros, seguidos pelos donos, notaram a pequena mancha negra no meio do branco lago e foram em disparada em sua direção. Ao se aproximarem, morderam com quantas bocas tinham o pobre lobo, que lutou bravamente, tentando se defender.

O senhor Cassiano, Mestre dos Caçadores, se aproximou de Inocêncio e levantou o machado. O Lobo abaixou a cabeça na espera do golpe fatal. Mas o hábil caçador se atrapalhou, escorregou e caiu de costas no gelo. Assim, em vez de acertar a cabeça de Inocêncio, lhe acertou o rabo, cortando a ponta peluda dele.

Livre, o Lobo fugiu com uma velocidade incrível, sem nem imaginar de onde conseguira tirar aquele tanto de fôlego e força. Em segundos, desaparecia por entre as árvores. Já o senhor Cassiano, envergonhado, apreciava o mísero consolo que lhe sobrara: um tufo da cauda plantada no gelo. Enquanto isso, vagando pelo bosque, com dor, orelhas rasgadas, cabeça pelada e agora sem a ponta da cauda, Inocêncio ficou parado, tentando recuperar o fôlego.

Tomado pelo ódio que sentia por Raposo, falou para si mesmo, por entre os dentes:

– Ah, esse Raposo... Mentiroso, me fez passar mais essa humilhação. Ele já roubou suculentos pernis da minha cozinha, teve a audácia de tomar presas das minhas mãos, me deu uma rasteira numa disputa por ovos... Mas hoje ele passou dos limites. Esse truque quase me custou a vida e, olhe para mim, agora sem meu pelo da cabeça e, mais, minha cauda, preciosa cauda! Ei de fazer esse traidor pagar por tudo isso. Ele sentirá a minha ira!

Assim, Inocêncio, no fundo da floresta, pensou e pensou nos meios que ele buscaria para se vingar de Raposo. Tinha de esperar uma boa oportunidade. Quando o inverno passasse, certamente haveria uma boa oportunidade. Mas será que as lembranças do lobo também se derreteriam com a neve?

A PARTILHA DA LINGUIÇA

O terrível inverno dera lugar às vivas cores da primavera. Os mais variados tipos de flor, que enfeitavam os campos de gramas verdinhas, se estendiam num tapete quase infinito e emanavam um perfume delicioso. A manhã convidava os animais a saírem de seus ninhos, tocas e esconderijos. Afinal, depois da fina chuva, era delicioso sentir os raios do sol acariciarem sua face e brindarem aquele belo dia.

Naquela bela manhã alegre, lá estava Mestre Raposo, caminhando distraído pelos campos. Ainda sem fome, contemplava o colorido dia dizendo, sorridente:

— Um belo dia como este seguramente me trará muita sorte!

Mal tinha pronunciado as palavras, viu a certa distância um animal que lhe era bem conhecido.

— Mas olha, que grande surpresa, quem vejo por estas bandas! Amigo Caetano, que alegria em vê-lo! Como vai, meu primo? Que bons ventos de primavera o trazem por estes campos? – falou, senhor de si, a alta voz, como se estivesse querendo chamar a atenção de todos ao seu redor.

As gentis palavras eram dirigidas a Caetano, o Gato, seu distante parente que andava a caçar por aquelas bandas. Tanto Raposo quanto Caetano herdaram de seus ancestrais comuns toda a astúcia, malícia e desconfiança. Portanto, era difícil saber em quem se podia confiar. Talvez em ambos! Com agilidade sorrateira ao andar e de caráter duvidoso e impiedoso, a única coisa que os diferenciava eram seus pelos e sua cauda, já que Raposo, ao contrário de Caetano, que tinha fina e esperta cauda, além de uma cor cinza-clara, era ruivo e tinha cauda felpuda.

Caetano, que já conhecia bem o Mestre Raposo, ficou surpreso e desconfiado ao perceber tanta cordialidade. Sabia que o indolente Raposo não era tão amável assim. E, de patas desconfiadas, aproximou-se, soltou um falso sorriso e respondeu:

– Meu primo, que grande alegria vê-lo também! Estou indo caçar e sei que um encontro como este só me trará sorte! Gostaria de me acompanhar?

Entretanto, intimamente pensava, enquanto se aproximava: "Apesar de o Raposo não valer um pelo de minha cauda de confiança, posso me aproveitar de sua companhia e caçaremos mais facilmente. Não se deve desdenhar jamais das artes deste ladrão, e para isso vou afagar seus pelos com elogios para que me acompanhe na minha caçada".

Com Raposo não foi diferente, e, ao ver Caetano, que se aproximava, pensou, mal-intencionado: "Este Gato não vale meu bigode, tenho que estar atento. Mas posso me aproveitar de sua companhia para caçar e, depois disso, me livro deste gatuno". Teve os pensamentos interrompidos pela proximidade de Caetano, e respondeu:

– Claro que gostaria, meu querido primo, mas devemos jurar um ao outro que toda a caça que capturarmos terá de ser dividida em partes iguais entre nós. Nossa grande parceria poderá nos render muitas presas, o que trará tranquilidade para nossas barrigas por muitos dias! O que acha, está comigo? Vamos nos ajudar?

Caetano, dizendo com a boca o que seu pensamento contrariava, respondeu:

– Concordo, meu estimado Raposo! Juro pelo meu bigode!

A essas palavras, os tais amigos seguiram a passos firmes pelos campos floridos, combinando quais seriam os truques que usariam na captura de suas presas, pois ambos não resistiam ao desejo de enganar outros em nome de suas barrigas e de seu bel-prazer. Mas, como eram amigos da onça, logo Raposo notou uma armadilha à mostra sob um galho. Não resistindo ao pensamento de ver Caetano se retorcendo de dor e desespero, quando preso pela arapuca, o conduziu em direção à armadilha. Mas o Gato, que era tão esperto quanto o Ruivo, também havia notado a armadilha. Realmente os dois se igualavam em malandragem! E, quando Raposo se aproximou da armadilha e já estava prestes a rir à custa do amigo, o Gato, num gesto rápido, se virou e empurrou o primo, saltando de lado. O Ruivo caiu na armadilha e, preso por uma pata, gritou de dor sob os olhos satisfeitos de Caetano, o que o deixou ainda mais colérico ao entender que fora enganado.

Impotente, ouviu o som de pesados passos que vinham da mata e viu Caetano fugir como um raio, subindo na copa de uma árvore, onde, escondido entre os galhos, ficou a observar o que aconteceria. Naquele instante, surgiu um caçador que, ao ver o Mestre Raposo preso na armadilha, levantou o facão para matar a caça. Porém, atrapalhado e de mira imprecisa, ao dar o golpe acabou errando e acertou a armadilha, quebrando-a! Era a ajuda de que Raposo precisava. A sorte novamente estava a seu lado. Não se contendo de alegria e notando-se livre, fugiu em disparada por entre os arbustos. Enquanto corria, só pensava em uma oportunidade e maneira de se vingar de Caetano.

Não demorou em encontrar novamente o Gato, que já se preparava para fugir, descendo dos galhos. Mas ao ver Raposo, voltou a subir ainda mais alto, de maneira que ficasse longe da boca de seu querido parente. Ao se aproximar do pé da árvore onde Caetano estava dependurado, lhe falou de maneira amigável, doce e calmo, o que surpreendeu o Gato, que esperava um tom cheio de cólera:

– Ah, meu primo querido, não acredito no que fez... Você me empurrou para as garras da morte! Mas graças à sorte que me acompanha, escapei vivo! Por isso lhe digo, acalme seu coração. Não sou vingativo como você e jamais pensaria em lhe fazer algum mal, pois estaria pagando o mal com o mal, e isso seria um grave erro.

Com ar de bom-moço, continuou:

– Tenho grande simpatia por nossa amizade. Vamos nos esquecer disso. Já passou! Vamos continuar juntos pelos caminhos que nos levarão às grandes caçadas.

Com os olhos arregalados de surpresa ao ouvir as palavras adocicadas do Mestre Raposo, Caetano pediu mil desculpas e renovou seus juramentos de fiel amizade.

O Gato desceu da árvore e os dois seguiram juntos pelo caminho. Claro que um olhava o outro de canto de olho, pois ambos sabiam que a qualquer momento poderiam cair em outra armadilha.

Não demorou a chegarem a uma longa estrada, onde Raposo, sempre de olhos vivos, notou a certa distância um longo gomo de deliciosa linguiça, que seguramente algum carroceiro ou viajante havia perdido. Sem pestanejar e antes que o Gato se desse conta, Mestre Raposo saiu em disparada e o abocanhou mais do que rapidamente. Caetano, ao notar aquilo, falou:

– Meu primo, como combinado, vamos dividir essa presa!

Raposo respondeu prontamente:

– Seguramente vamos dividir. Foi esse o trato, não é, estimado primo? Mas, para isso, vamos procurar um lugar calmo e seguro.

Temendo que seu primo fugisse com a linguiça, Caetano grudou em Raposo como se fosse sua sombra. Tinha certeza de que, num piscar de olhos, o malandro desapareceria com a metade da refeição à qual tinha direito, como combinado. Já o Ruivo, enquanto arrastava a longa linguiça pela boca, uma das metades encostando no chão de terra batida, pensava de que maneira daria uma rasteira no Gato.

Seus pensamentos foram interrompidos pela voz de Caetano, que, impaciente e preocupado, falou:

– Creio eu, amigo Raposo, que a linguiça estaria mais segura na minha boca, e outra, está ficando imunda de poeira! – tentou ainda com voz um pouco mais suave: – Parece que está sem forças, pois está arrastando uma parte da linguiça no chão! Se me permite, eu as carrego com maestria e verá como levá-las sem arrastá-las na terra.

Preocupado, uma vez que não confiava no Gato, mas também não querendo ofender seu companheiro, entregou a linguiça na boca de Caetano, relutante. O malandro, que não temia a ninguém em termos de astúcia, pensou: "Bem, se ele tentar ser mais esperto do que eu, saberei tirar vantagem e o farei devolver minha presa. Paciência, Raposo, a oportunidade lhe aparecerá".

Assim que passou a linguiça para Caetano, o gato a grudou com força e, segurando uma ponta com a boca, jogou a outra sobre suas costas, não a deixando arrastar na poeira da estrada. Seguia sob o olhar atento de Raposo, que desejava retomar sua refeição o mais rápido possível, mas não somente a metade, e sim o prêmio por inteiro. Estavam caminhando, quando numa curva surgiu uma grande cruz, muito velha e desgastada pelo tempo, erguida pelos devotos que habitavam uma vila próxima, chamada de Vila Alta. O Gato, ao vê-la, sorriu malicioso com um olho e, com o outro, notou Raposo a olhá-lo fixamente, sem perder os seus movimentos e os da linguiça na sua boca. Então, num único descuido do Ruivo, Caetano grudou suas garras na cruz num só pulo, e alcançou rápido seu ponto mais alto, onde, lá das alturas e seguro, viu Raposo ao pé da cruz, olhando para ele com olhos faiscantes de raiva. Tentando controlar sua ira e olhando para a linguiça que o Gato se preparava para devorar, o Ruivo, já sem esperanças, mas na tentativa de recuperar seu banquete, falou:

— Meu primo, sei bem que subiu aí para saborear sua parte da linguiça, e disso entendo perfeitamente. Cada um procura sempre o lugar mais confortável para se alimentar. Por minha parte,

prefiro me alimentar aqui no chão mesmo. Então, por favor, mande a minha metade, como combinamos, pois estou faminto.

Caetano, sem a mínima vontade de cumprir o acordo, respondeu, com um velhaco sorriso:

— Realmente achava que me enganaria, seu falso? Só fiz o que estava querendo fazer, achar um lugar tranquilo para devorar a linguiça sozinho. Aqui em cima, poderemos saboreá-la juntos. Venha, Mestre Raposo, suba aqui para comermos em segurança. Não demore para subir. Vamos, vamos...

Raposo, sentindo-se ofendido e humilhado por Caetano, já que sabia que não poderia alcançá-lo, falou numa mistura de choro e raiva:

— Caetano, seu trapaceiro e falso amigo, o que me faz é uma afronta às juras e palavras de fidelidade!

Sua voz mal saía pela sua boca, embaralhadas pela sua fúria. Ele, o grande Raposo, Mestre das trapaças e das malandragens, agora sentia-se humilhado por um magricelo gato. O choro era compreensível, pois Caetano havia ferido o Ruivo profundamente; afinal, o que mais Raposo prezava eram o orgulho e a vaidade.

De repente, do nada, Raposo parou de chorar. Uma ideia brilhante lhe passou pela cabeça e o fez abrir um largo sorriso. Olhando para o Gato, gritou:

– Ei, meu primo, não sei se notou uma coisa, por acaso vê passando aí em cima algum rio, ou vê algum lago ao seu alcance? Creio que não e como sabe os rios e lagos estão na terra e não no céu. Assim, terá que descer para beber água. E, acredite, nem que leve uma vida, daqui dos pés desta cruz eu não saio enquanto não tiver sua pele nas minhas garras.

Aquelas palavras deveriam colocar Caetano em desespero, mas não foi o que aconteceu. O Gato olhou para ele, deu mais uma mordida na suculenta linguiça, mastigou devagar e só depois respondeu, calmo:

– Amigo, se ficar aí embaixo me esperando, tenho certeza de que precisará de uma bengala, pois, para minha sorte, bem aqui em cima, num buraco feito pelo pica-pau, a chuva depositou água o suficiente para eu passar vários dias. Creio que não resistirá à espera, ainda mais de barriga vazia e com sede. Uma hora terá que sair, meu primo, aí, até um dia...

Ouvindo aquilo, o sorriso de Raposo evaporou-se no mesmo instante, dando lugar a caretas raivosas. Começou a correr em volta da cruz, tomado de loucura por não poder agarrar o falso amigo. Parou, respirou forte e falou baixinho, por entre os dentes, de modo que Caetano não ouvisse:

– Calma, Mestre Raposo, esse desequilíbrio todo não fará esse ladrão cair nas suas garras. É preciso se acalmar e pensar na melhor maneira de ele sair dali.

Mais uma brilhante ideia tomou conta dos pensamentos do Ruivo. Seus olhos brilharam novamente e o sorriso lhe iluminou a face. Num gesto sutil, virou-se de costas para a cruz, mas, sem se afastar, fixou o olhar no campo, do outro lado da estrada, sem mover um músculo. E assim ficou, olhar conformado, orelhas baixas, tranquilo. Lá do alto da cruz, Caetano o observava e, vendo o Ruivo abatido, falou para si mesmo:

– O que está acontecendo com o meu primo, será que...

Nem deu tempo de terminar sua reflexão, o Gato viu Raposo mudar de postura, suas orelhas ficaram em pé e seu focinho se ergueu, como se tivesse capturado um cheiro no ar. Já os olhos, pareciam se fixar à sua frente. Pelo movimento do seu corpo, parecia se preparar para dar um grande bote, não no topo da cruz que estava atrás dele, mas em direção ao campo à sua frente.

Aquilo só serviu para aumentar ainda mais a curiosidade de Caetano, que, incomodado com as ações do primo, passou a prestar atenção em Raposo, esquecendo-se da maior parte da linguiça ao seu lado. Os olhos atentos estavam em Raposo, que não lhe dava mais a menor atenção e muito menos à deliciosa comida. De repente, viu seu inimigo sair em disparada e atravessar a estrada, dando um grande bote e sumindo no meio do arbusto, de onde gritou:

– Peguei um gordo rato, peguei um gordo rato!

Aquilo era música para Caetano e, ao ouvir o nome de seu mais desejado alimento, saltou sem pestanejar da base da cruz, sem notar que sua cauda, ao tocar na linguiça, a derrubou no chão. Raposo, ao ver seu objeto de desejo ao seu alcance, num gesto rápido, voltou e devorou mais da metade da linguiça sem pestanejar. Caetano procurou daqui, procurou dali e nada de rato. Quando se deu conta que fora enganado, olhou para a cruz, e o que viu foi Raposo às gargalhadas, a palitar os dentes e de barriga satisfeita.

Furioso, percebeu que fora passado para trás e compreendeu tudo. Raposo realmente era Mestre em astúcia!

Aproximando-se amigavelmente do velhaco, lhe pediu sua parte da linguiça. Sorridente, Raposo lhe respondeu, sarcástico:

– Ah, sim, primo, sua metade! Eis aqui o barbante, sua metade! Bom apetite!

E, deixando Caetano inconsolável, o malandro desapareceu na curva da estrada, satisfeito por ter enganado um grande oponente, e mais, de barriga cheia, além de levar na língua mais uma história de vitória, digna de sua fama...

O DILÚVIO

Semanas haviam se passado desde o encontro com Caetano, o Gato, e Raposo às vezes ainda se pegava rindo de como conseguira enganar o felino tão bem e ficara com a maior parte da linguiça. Lembrar daquilo lhe dava grande satisfação.

Estava, certa manhã, percorrendo os campos nas proximidades d'O Castelo, para quem sabe encontrar alguma presa que por ali passasse, quando, muito distraído, afastou-se de seus domínios. De repente, notou a certa distância altos montes de fenos alinhados um ao lado do outro. Raposo não pensou duas vezes: começou a subir e descer, às gargalhadas, nos montes de feno. Depois de se cansar da travessura, falou para si mesmo, deitado de barriga para cima:

— Raposo, seu moleque, acabou a brincadeira, a fome já começa a deixar a barriga roncando. É hora de procurar uma bela caça!

Numa sacudida, se livrou do feno grudado no pelo e, caminhando, chegou a um riacho de águas claras e de corredeiras. De repente, suas orelhas atentas captaram o cantar de uma andorinha. Cantando daquela maneira, lhe indicava que nas proximidades certamente havia um ninho. Imaginando a macia carne da andorinha e passando a língua pelos beiços, rapidamente descobriu a árvore onde estava sua possível presa, se aproximou e chamou alto:

— Olá, minha amiga Andorinha, apareça! Vamos conversar?

Do meio das folhagens, Brisadoce, a Andorinha, respondeu:

— Olá, Raposo, conversaremos sobre qual assunto? Quais as novidades?

— Novidades! Brisadoce, não acredito que ainda não sabe da boa-nova! Amiga de asas, nosso sábio rei César, o Leão, decretou paz entre todos os animais! Não veremos mais leões devorando ovelhas, gatos caçando ratos e...

Foi interrompido pela Andorinha, que se fez mostrar, sobre um galho, desconfiada do Ruivo:

— E quanto ao Mestre Raposo? Esse novo decreto serve para você também? Não vai mais devorar as andorinhas, os pardais ou nenhum outro pássaro?

— Ah, é certo que sim, minha irmã! Sou fiel às leis de nosso sábio rei. E mais: sou tão fiel, que lhe dei a palavra que eu mesmo sairia pelos campos distribuindo o beijo da paz em todos os pássaros que encontrasse pelo caminho. César me obrigou, em juramento, a cumprir minha missão, sob pena de ser enforcado. Por isso estou aqui, minha amiga, desça rápido, ainda terei de caminhar muito para me reconciliar com outras aves.

O Ruivo salivava só de pensar em saborear a macia Andorinha. Para abocanhá-la, seria apenas ele se aproximar para fingir que iria beijá-la, dar o bote e engolir o doce pássaro. Mas Brisadoce conhecia muito bem a fama do malandro e falou, fingindo satisfação com a tal notícia:

— Ah, meu amigo, não imagina como me alegra essa notícia! Descerei com grande prazer para lhe dar um beijo e abraço da paz, mas, na condição de que feche os olhos quando eu me aproximar, pois, como sabe, sou muito tímida.

Ao ouvir a condição, Raposo pensou, "Mesmo de olhos fechados, sentirei o vento do bater das asas sobre minha face, aí já dou meu bote" e, em seguida, respondeu sorridente:

— Brisadoce, entendo e respeito sua timidez! Desça, que fecharei os olhos com grande prazer. Não vamos deixar de fazer as pazes por isso, minha amiga.

Assim, fechou os olhos de maneira suave, para que a avezinha não desconfiasse de suas reais intenções. Já a Andorinha, ao vê-lo fechar os olhos, pegou uma pequena folha da árvore e a soltou sutilmente, de maneira que tocasse no focinho do Mestre Raposo. Ao sentir ser tocado, ele deu um rápido bote e, pensando pegar sua presa, abocanhou apenas a folha verde. Ao abrir os olhos, viu a pequena ave olhando-o e, dissimulado, falou:

— Amiga, você é muito rápida, nem senti seu beijo da paz, desça novamente que eu fecho os olhos, vamos, não tenho muito tempo!

Tudo se repetiu, e a Andorinha novamente soltou uma folha, fazendo Raposo dar mais um bote em outra folha. A ave se divertia à custa do calhorda, que, na terceira vez, entendeu que naquele dia não conseguiria vencer a Andorinha. Virando as costas, partiu, sentindo-se humilhado e escarnecido por uma frágil avezinha. Espumando de raiva e faminto, foi até a beira do riacho e ficou ali parado, pensativo, por um longo tempo. De repente, sentiu algo se aproximar e, num pulo, escondeu-se no meio de um denso arbusto, quase banhado pelas águas. E quem viu pousar a alguns passos adiante dele? Longobico, a garça que tinha vindo para se banhar e encher o papo de peixinhos.

O esperto Raposo pensou: "Essa garça tem a carne um pouco dura, isso é verdade, mas para quem está com fome, não é oportunidade para se deixar passar". Assim, o trapaceador começou a pensar num plano para devorar Longobico. Pensou, pensou, pensou... Coçou a cabeça... Sabia o quanto seria difícil aquela missão, pois as garças tinham fama de serem muitos desconfiadas.

Outro problema era a pouca distância, e não teria como Raposo se aproximar sem ser notado. Aí, adeus refeição! Mas o título de Mestre das trapaças que o Ruivo ganhara não havia sido sem merecimento e, então, lhe veio uma ideia. Escondido e muito sutilmente, confeccionou com maestria um maço de longos capins e finos gravetos, fazendo uma frágil e pequena jangada, depois a soltou na correnteza. A jangada quase afundou, mas deslizando sobre a água, chegou ao seu destino, que era as longas pernas da garça. Longobico examinou a jangada, mas, não achando nada interessante como previu o ladrão, a deixou de lado. Passados alguns instantes, novamente lá surgiu deslizando pelas águas uma nova jangada, feita da mesma maneira. E novamente a Garça vistoriou o objeto com seu longo bico. Da mesma forma, a terceira jangada que o Ruivo lançou foi ignorada pela Garça, pois ela já sabia que aquilo não valia a pena. Dedicou-se a prestar atenção nos petiscos que se movimentavam aos seus pés.

Não demorou e surgiu uma nova jangada de capim, para a qual a Garça não deu a mínima importância, novamente; ela sequer tirava os olhos dos peixinhos que enchiam sua barriga. Porém, desta vez, a jangada vinha mais pesada e trazia algo a mais, para o azar de Longobico. O astuto Raposo, desta vez, havia construído uma jangada mais resistente, que o sustentasse por alguns instantes sobre a água, tempo suficiente para realizar seu plano.

E foi o que ocorreu: Longobico, já habituado com aquelas jangadas que não lhe traziam nenhuma novidade, a ignorou, uma vez que o ardiloso caçador vinha coberto com capim, o que disfarçava sua presença. Quando a jangada se aproximou, Mestre Raposo surgiu do meio da jangada e deu um bote certeiro, agarrando Longobico pelo pescoço. Ele foi tão ágil, que não houve tempo para qualquer reação da ave. Assim, a majestosa garça branca ficou apenas para a história.

Raposo terminou sua refeição e, de barriga cheia, não se continha de alegria por ter tido sucesso em sua caça. Não dava para negar que sua ideia fora muito engenhosa. Por isso ele era considerado esperto! Sempre tirava um coelho da cartola. Estava tão feliz que cantarolava baixinho, nem pensando em pregar novos truques. Seu desejo agora era retornar para sua toca, mas estava extasiado demais com sua última aventura e nem se deu conta de que a noite estava chegando e que ele, correndo atrás das suas presas, havia se distanciado muito do seu lar, algo que sempre tinha a precaução de não fazer.

Como escureceu rapidamente, Mestre Raposo achou mais seguro passar a noite ali mesmo, pois poderia se perder pelo caminho. Pensou, pensou e lembrou-se dos montes de feno que não estavam muito longe e seriam fáceis de ver. Caminhou até eles, subiu até o topo e, sentindo-se seguro, dormiu tranquilo.

Ao primeiro raio de sol, Raposo acordou. Foi abrindo os olhos bem devagar, para que a luz não os incomodasse. De repente, arregalou os olhos, tamanho o susto que levou. O campo à sua volta estava coberto por água. Durante a noite, havia chovido muito na cabeceira do riacho, o que fez com que ele transbordasse e cobrisse todo o entorno. Para piorar a situação, continuava subindo e logo chegaria aos montes de feno, inclusive ao que ele tinha usado como cama. Se fosse outro animal qualquer, com o mínimo de sentimento de culpa, estaria pensando que aquele era um castigo dos céus. Mas ali estava Raposo, sua falta de caráter e escrúpulos não lhe permitiam pensar nisso ou ter qualquer tipo de arrependimento por suas traquinagens! A única coisa que passava em sua cabeça era encontrar uma maneira de sair dali. Poderia até, pelo caminho, encontrar alguma presa em situação de emergência...

Notando que a água subia cada vez mais e com tamanha rapidez, buscou na memória histórias semelhantes passadas com os seus ancestrais, mas nada lhe veio à mente.

– Isto só pode ser um dilúvio... Não há outra explicação! – falou para si mesmo.

Sabia que precisava ficar calmo para analisar friamente a situação.

– Vai ser preciso muita água para cobrir este monte de feno – ponderou.

Por sua vez, também lhe veio à mente que poderia ser arrastado pela água. Além do mais, caso tivesse sorte e se livrasse de morrer afogado, logo estaria fraco pela fome, pois, até que a água baixasse, seria impossível caçar.

Olhando para o sol, lamentou-se:

– Ah, que pena para o mundo perder alguém tão majestoso e inteligente! Adeus, minha esposa e meus filhos. Adeus, meus campos e meu Castelo. Sentirei falta de vocês, mas tenho certeza, também, que vocês lamentarão a minha ausência!

De repente, viu ao longe um pequeno barco que se aproximava. Quem estava nele era o senhor daqueles campos, que já perseguira Mestre Raposo inúmeras vezes, por comer suas galinhas, devorar seus galos, acabar com a sua criação, que era seu ganha-pão. Mestre Raposo tentou ficar imóvel, para que o homem não o visse. Mas o velho já tinha percebido, de longe, algo se mexendo no topo de feno. Pensou que fosse um de seus empregados que ficara preso ali e estivesse esperando ajuda.

À medida que o barco se aproximava, o homem se deu conta de quem estava ali, preso no feno, rodeado pela água. Soltando uma sonora gargalhada, falou:

– Que dia de sorte o meu! Justamente a raposa, que tanto me tirou o sono, devorando meus galos e minhas galinhas, está bem aqui, pronta para virar pele e me recompensar com um bom dinheiro! Hoje não é seu dia de sorte, sua ladra!

Ao dizer isso, encostou o barco ao lado do monte de feno. Posicionou-se firmemente no barco e desferiu um forte golpe em direção ao Mestre Raposo, que saltou do lado. O homem, furioso e gritando blasfêmias, investiu seguidos golpes contra o Ruivo, que, ágil e rápido, se esquivava com grande habilidade. A astúcia do Ruivo ia deixando o homem cada vez mais descontrolado de raiva, já que, tinha de admitir, Mestre Raposo era extremamente ágil ao desviar de seus golpes em tão pequeno espaço.

Foram tantos os golpes, que o homem começou a respirar com dificuldade. Não demorou muito e ele já quase não tinha força para levantar o remo.

O Raposo, vendo que estava em vantagem, não aguentou e falou, descontrolando-o mais ainda:

– Ah, como meu amigo é habilidoso com um remo! Que força e agilidade! Não me pegou, não me pegou, que dor, que dor...

Ainda mais irritado com as provocações de Raposo, o senhor daqueles campos desceu do barco e começou a escalar o monte de feno, furioso, com o objetivo de esmagar o ladrão com as próprias mãos. Queria fazê-lo pagar pelas zombarias.

Ao chegar ao topo, estava cego de raiva. Partiu para cima do Ruivo, que pulou por sobre sua cabeça, desceu o monte de feno, saltou para dentro do barco e saiu remando, às gargalhadas, deixando o pobre homem preso no topo a soltar gritos de ofensas ao vigarista.

Sem dar tempo para o homem se recuperar, Raposo remou com o máximo de força que podia.

Quando chegou à margem, nem olhou para trás para ver como iria terminar aquela história. Ao colocar as patas em terra firme, correu como nunca para sua toca, no desejo de ver sua família, encher a barriga e contar suas novas aventuras.

O POÇO DOS MONGES

Certa manhã, uma simpática velhinha estava sentada em sua casa, na cozinha, bordando um pano de prato. Enquanto suas mãos executavam a tarefa, seu olhar estava atento ao seu gato, que mirava fixamente um prato com um delicioso queijo sobre a mesa. De vez em quando, o gato se aproximava um pouco mais e a senhorinha retrucava:

– Afaste-se desse queijo, seu menino maroto. O queijo é para gente, não para bichos! Vá ser gato e caçar seus ratos no palheiro!

Depois de algum tempo, ela lembrou-se de que precisava tirar a roupa do varal. Levantou-se, colocou o bordado sobre a mesa e, preocupada com o gato, pegou-o e trancou-o no quarto, de maneira que o bichano de lá não saísse até sua volta. Assim, o queijo estaria protegido do olhar desejoso do bichano.

O que não notou foi que havia outros olhos que cobiçavam seu precioso queijo. Em uma árvore que estava bem diante da janela da cozinha, entre as folhas, estava Tempestade, o Corvo, que observava toda a conversa da velhinha com o seu gato. Nem bem a senhora fechou a porta para ir até o varal, o Corvo, num voo rasante, entrou pela janela e abocanhou o queijo, prendendo-o no bico, e voou para uma árvore distante da casa, num lugar bem seguro, onde pousou. Começou a saborear sua iguaria com tranquilidade, quando uma voz bastante conhecida lhe causou arrepios.

– Amigo Tempestade, que belo dia, não é mesmo? Mas me diga, o que faz aí tão concentrado?

A negra ave não ficou feliz em ver ali o Ruivo, responsável pelos inúmeros sumiços de seus estimados parentes. Apesar de saber o perigo que corria, fingiu também amabilidade e respondeu, sem soltar o queijo das garras:

– Belo dia, amigo Raposo, realmente é um magnífico dia, ainda mais saboreando este delicioso queijo que ganhei de uma simpática velhinha.

Ao ouvir a palavra queijo, o astuto ladrão lembrou-se do grande prazer que a iguaria lhe dava. Também se recordou de que havia muito tempo não degustava um bom pedaço de queijo. Olhando para onde o Corvo estava, maquinou uma maneira de ter aquele saboroso petisco em sua boca.

Recordando-se de que a ave era vaidosa e também uma grande tola, ficou parado em silêncio, olhando para o nada por um bom tempo, o que incomodou Tempestade. Ela não resistiu e perguntou:

– Não me interprete mal, amigo Raposo, mas o que se passa? Aconteceu algo de grave? Diga-me, amigo!

O danado do Raposo, sem nenhum caráter, continuou calado, com o objetivo de aumentar ainda mais a curiosidade do Corvo. Só depois de alguns minutos falou com um leve sorriso:

– Minhas desculpas, amigo! É que estava pensando em algo que alegraria muito meu coração, mas creio que me consideraria um tolo. É melhor eu me calar para não ofender sua nobreza!

Tempestade, envaidecido e curioso com aquelas palavras, disse:

– Nobre amigo, por favor, não acredito que saia de sua boca tolas palavras!

O trapaceiro, fingindo embaraço, respondeu:

– Fico um pouco envergonhado, mas já que autoriza, vou dizer! Tenho grande desejo de escutar seu cantar, a história de sua família é de grandes cantores e para meus ouvidos seria uma dádiva ouvir uma canção com sua voz!

Aqueles elogios eram como música para os ouvidos do Corvo, que começava a duvidar de que um animal com palavras tão graciosas poderia ser o mesmo sujeito sem alma que havia devorado seus parentes. Vaidoso e convencido, respondeu, com o peito estufado:

– Suas palavras enobrecem a mim e à minha linhagem de cantores! Se deseja ouvir-me, então escute, pois cantarei especialmente para você! – e do bico do Corvo saiu um terrível e arrepiante grasnido!

O que se poderia esperar, uma sinfonia de canários? Raposo, vendo que o cantor não soltava o queijo e fingindo admiração, exclamou, depois das palmas:

– Que admirável sua voz, amigo! Um pouco mais alto desta vez, não é justo que somente eu tenha o privilégio de ouvir seu cantar!

Extasiado com as palavras de Raposo, Tempestade abriu novamente o bico e grasnou mais alto e mais desafinado, o que não foi suficiente para o queijo se soltar de suas garras.

O larápio estava ficando quase surdo de ouvir aquela música desafinada que saía do bico do Corvo, mas tinha certeza de que o sacrifício valeria a pena.

– Realmente espetacular, estou emocionado! Mas, pelo que ouvi na corte do rei, e espero não lhe ofender, seu primo, Negra Pena, tem um cantar mais potente do que o seu. Seria verdade isso, amigo Tempestade?

Ferido na sua vaidade com aquelas palavras, o Corvo respondeu, numa mistura de inveja e raiva:

– Eu não acredito no que ouvi do amigo! Vou cantar mais alto ainda do que a última vez e aí você terá a prova de que a voz de Negra Pena não chega nem perto da potência da minha! Ouça, Mestre

Raposo, e depois procure meu primo e peça para ele cantar. Mas já vá preparado, pois vai se decepcionar!

Abriu o bico o máximo que pôde e soltou um horrendo grasnido. Tão feio, tão agressivo aos ouvidos, que exigiu um grande esforço do Corvo. Assim, ele se esqueceu do queijo que estava segurando e abriu as garras. A iguaria caiu e foi rolando até chegar bem perto das patas do Ruivo, que só olhou para o queijo, apesar de sentir a boca salivando.

Ao se dar conta do que havia acontecido, Tempestade temeu ir buscar sua iguaria e virar presa fácil de Raposo. O trapaceiro, percebendo a insegurança do cantor, ficou imóvel e falou, suavemente:

— Amigo Corvo, qual o problema? Desça e pegue seu precioso queijo! Sabe, estou com câimbra de tanto bater palmas para o seu cantar! Não consigo levantar as patas, estão travadas! Não consigo movimentar um dedo!

Desconfiado, Tempestade se aproximou pouco a pouco, sempre hesitante, e, depois de pensar por mais um instante, criou coragem. Decidido, voou até onde estava o queijo. Ao sentir a presa ao seu alcance, Raposo lançou-se num bote rápido, mas não o suficiente para pegar o Corvo. Ficou somente com algumas penas na boca. Tempestade, já seguro no galho mais alto da árvore, gritou, ofendido:

— Seu falso, trambiqueiro, mentiroso! Não queria me ouvir cantando! Sei bem que queria mesmo era me devorar. Ainda bem que sou esperto, ao contrário dos meus parentes! Contente-se com minhas penas e o resto desse queijo, e, pode acreditar, nunca mais me sentirei seduzido com palavras doces como as suas. Até nunca mais!

Raposo não ficou tão decepcionado por não ter conseguido devorar o Corvo, já que lhe sobrara boa parte do saboroso queijo.

Dando um sorriso cínico, falou para si mesmo:

— Sabe que eu seria um excelente médico! Descobri que queijos são ótimos remédios para a cura de câimbras!

Mal acabou de degustar o queijo, sentiu uma sede danada, mas ali, até onde sua vista alcançava, não dava para ver nenhum riacho ou lago.

    Olhou para um lado, olhou para o outro e decidiu pegar na sorte o caminho que ia para o lado direito. Agora, até sua língua estava seca. Depois de andar uma distância considerável, se deparou com um longo muro branco que parecia não ter fim. Andou ao longo do muro, até que viu uma porta aberta. Curioso, mas também cauteloso, foi entrando, sagaz, prestando atenção em tudo o que havia ao seu redor. Quando se deu conta de onde estava, murmurou, satisfeito:

— Mas isto é uma bênção! Não poderia estar em lugar melhor do que na casa dos meus sócios, os monges, que tão bem me abasteceram com suas aves por muito tempo! Se bem me lembro, aqui há um poço com água doce, e acredito que a bondade que mora no coração dos monges faria com que eles ficassem satisfeitos em dividir umas gotas de seu precioso líquido com uma criatura de Deus.

    Com cuidado, foi procurar o poço. Após dar uma volta entre as plantas no jardim, encontrou o objeto de seu sedento desejo, feito em pedras bem ornamentadas com trepadeiras a abraçá-lo. Mestre Raposo aproximou-se devagar e sorrateiramente, olhando para todos os lados. Como não notou a presença de ninguém, subiu no beiral do poço, inclinou a cabeça e notou lá no fundo o movimento prateado da água. Sentia comichões, só de pensar em sorver aquela água fresca. Havia dois baldes, amarrados um em cada ponta de uma corda. Assim, quando a carretilha fosse acionada, um balde desceria e o outro ficaria no alto. Ao erguer o balde cheio de água, o outro balde descia para o fundo do poço. Dessa maneira, os monges conseguiam captar água com mais rapidez. Sem perda de tempo, Mestre Raposo pegou um balde e desceu a carretilha. Nem bem o balde com água subiu, foi, ávido, enfiando o focinho. Por causa da sua pressa, perdeu o equilíbrio, caiu dentro do balde e foi parar direto no fundo do poço. Só a cabeça ficou fora da água. Para seu azar, bateu com o rabo no balde que subia, derrubando toda a água que estava nele.

— Agora não tenho nem como conseguir subir, porque o outro balde está leve. Se alguém aparecer por aqui, sou presa fácil – falou para si mesmo, já começando a tremer de medo e também de frio. Tentou pensar numa maneira de se safar daquela situação o mais rápido possível, mas nenhuma ideia brilhante vinha à sua cabeça.

De repente, ouviu uma voz vinda do alto, que lhe surpreendeu com a pergunta:

— Mestre Raposo, o que faz aí no fundo deste poço? Por acaso a água não está gelada?

Os olhos do Ruivo se iluminaram de alegria, afinal, a sorte não lhe havia abandonado de vez. Ali estava Inocêncio, o Lobo, o grande Inocêncio, que tantas vezes foi enganado por Raposo e que jurou vingar-se dele, nem que isso lhe custasse sua existência. Apesar de estar em condição complicada, Mestre Raposo, fingindo ter controle total da situação, falou calmamente:

— Primo Inocêncio, como pode me perguntar o que estou fazendo aqui embaixo? Não percebe que estou meditando?

O Lobo, coçando a cabeça, perguntou novamente:

— Mas como pode meditar no fundo de um poço?

Raposo então lhe respondeu, sereno:

– Amigo, desconhece este santo lugar, creio que nunca ouviu falar, aqui é para poucos. É para os que merecem!

Curioso, o Lobo perguntou:

– Raposo, o que tem esse lugar de tão especial, que eu não o mereça?

– Aqui estão as portas do Paraíso, amigo Inocêncio!

O Lobo, acreditando cegamente nas palavras de Raposo, pois tinha memória fraca e já se esquecera de quase tudo o que o malandro lhe fizera, perguntou:

– Como pode estar no Paraíso? Isso é impossível, a não ser que...

Raposo completou rapidamente o que Inocêncio demoraria a dizer:

– A não ser que eu tenha morrido? Foi isso que quis dizer, meu primo? Não acredito que não lhe chegou a notícia de que eu morri há três dias, nos braços de minha amada esposa, no meu Castelo! Fui vitimado por uma forte febre, incurável!

Aquelas palavras emocionaram o Lobo, que lastimou:

– Não acredito, meu infeliz amigo! Sentiremos sua falta!

O arteiro, sem dar tempo para mais palavras do Lobo, uma vez que queria sair dali o mais rápido possível, respondeu:

– Nada de lágrimas, eu lhe peço. Até porque estou muito feliz aqui. É o lugar das delícias intermináveis: as taças do doce vinho jamais ficam vazias, enquanto as mesas sempre estão postas com as mais finas iguarias. Quando eu estava vivo, nunca vi coisa parecida. Aqui há pastos repletos de cordeiros, isso sem contar os que já estão assados e temperados. E sabe de uma coisa? Os garçons que nos servem são cachorros, não precisa nem fazer o esforço de correr.

Mestre Raposo percebeu que Inocêncio estava fascinado com o que ele dizia. Resolveu aprimorar ainda mais a descrição do Paraíso.

– As camas daqui são feitas da mais fina lã, o que as tornam muito confortáveis. O melhor de tudo é que não tem hora para acordar ou para dormir. Eu só acordo a hora que sinto fome, e logo os garçons já vêm me servir as iguarias. Você nem imagina, amigo Inocêncio, aqui é o reino da fantasia!

Inocêncio, paralisado por aquelas palavras e com muita fome, pois a caça estava difícil naquela época, começou a imaginar-se sentado diante de uma interminável mesa de saborosas presas.

Tirando os olhos do fundo do poço, sussurrou, invejoso, para si mesmo:

— Mas que sorte desse ladrão! Tanto fez neste mundo, e olha seu prêmio: o Paraíso e suas deliciosas iguarias sem-fim!

Em seguida, voltando os olhos para o fundo do poço, perguntou:

— Mestre Raposo, será que poderia indicar o meio mais fácil de eu conseguir o Paraíso também? Lembre-se que fomos grandes amigos antes de sua morte!

Tão embalados estavam na conversa, que Inocêncio nem percebera a chegada da noite. As estrelas que surgiram no céu e a lua cheia que iluminava os campos se refletiram no fundo do poço, dando-lhe um brilho mágico, o que só fez aumentar o desejo do parvo Inocêncio, que falou, angustiado:

— Raposo, nunca duvidei de você em vida, agora em morte, menos ainda! Vamos, em nome de nossa velha amizade, me oriente a como estar aí junto de você! Eu mereço também ser feliz e viver uma vida, quer dizer, uma morte cheia de mordomia!

Raposo, vendo que fisgara sua presa, perguntou:

— Bem, antes preciso lhe fazer uma pergunta: tem saudade de sua esposa, de seus filhos e de suas posses?

— Não, nenhuma, mesmo! — respondeu depressa o ávido Lobo.

Raposo, quase gargalhando, acrescentou:

— Então, não perca mais tempo, arrume imediatamente alguém que lhe dê cabo, que lhe mate agora!

Inocêncio tremeu com aquela sugestão e respondeu:

— Ah, amigo Raposo, não é assim que desejo chegar ao Paraíso! Gostaria de estar aí, mas sem dor nem sofrimento.

— Que pena, amigo Inocêncio, mas essa é a única maneira.

Vendo o Lobo angustiado, Mestre Raposo não lhe deu tempo de pensar. Foi logo se adiantando:

— Pensando bem, caro Inocêncio, por um bom amigo como você, que me foi tão fiel em vida, posso arrumar outra maneira... Vou indicar uma forma, mas jamais dirá a qualquer um que encontrar aqui no Paraíso que eu lhe contei. Caso contrário, corro o risco de ser expulso daqui.

Vendo o Lobo assentir com a cabeça, continuou: — Mais uma pergunta, apenas. Responda-me, nada lhe pesa na consciência, dorme tranquilo, sem nenhum tipo de crime ou malfeitoria nas costas?

Inocêncio, sem hesitar, respondeu como se fosse a criatura mais pura do mundo, sem o menor remorso:

— Não, não tenho crime algum que pese na minha consciência! Durmo como um anjo todas as noites, de tão em paz que está minha consciência.

O Lobo mentia na maior cara de pau. Tudo o que ele desejava era usufruir dos benefícios do Paraíso. — E, pode ficar tranquilo, minha boca é um túmulo. Ninguém jamais saberá que me deu todas as dicas de como ir para o Paraíso sem morrer, pode confiar!

— Acredito cegamente em você, meu amigo de vida. Por isso, preste bem atenção e seja rápido, antes que algum anjo nos veja. Pegue o balde que está à sua frente, entre rápido nele e, sem medo, desça até onde estou!

Nem bem o Lobo entrou no balde, começou a descer. Como era mais pesado, Raposo, dentro do segundo balde, começou a subir. Enquanto descia, Inocêncio pensou maliciosamente: "Que imbecil é este Raposo, acha mesmo que não vou denunciá-lo assim que chegar ao Paraíso? Quero ver este malandro longe de mim. Jamais me esquecerei do que me fez passar".

Já Mestre Raposo, enquanto subia, ria do tolo Lobo, que acreditara naquela lorota bem arquitetada por ele. Quando o balde em que o Raposo estava se encontrou com o balde que descia, levando Inocêncio, este perguntou, surpreso:

– Compadre de Paraíso, aonde pensa que vai?

Mestre Raposo, enigmático, respondeu sorrindo:

– Amigo Inocêncio, será um belo lugar e, acredite, não creio que você voltará algum dia para os campos!

Aquelas palavras fizeram o Lobo temer pelo pior. Olhando para o alto, viu o Ruivo dar um salto para fora do balde e desaparecer.

Como era noite de lua clara, logo achou o caminho para sua toca, onde sua esposa e seus filhos o receberam com beijos e abraços, achando que já lhe havia acontecido o pior. Depois de se alimentar e sentar-se com a família ao pé da lareira, Raposo contou suas aventuras, fazendo seus filhos e sua esposa explodirem em gargalhadas. Já o infeliz Inocêncio, lá no fundo do poço, tremia de frio, com água até o pescoço, com medo de que alguém o encontrasse ali.

Ah, e não deu outra! Aos primeiros raios de sol, os monges vieram tirar água do poço e, ao puxarem o balde, o sentiram estranhamente pesado. Um dos monges deu uma espiada no fundo do poço e viu a cabeça do lobo, e dois olhos grandes e brilhantes olhando-o fixamente.

– Irmãos, irmãos, acudam! O diabo está no fundo do poço!

Um dos monges, mais atento, falou:

– Não é o diabo, não. É um lobo. Tragam porretes!

Quando as muitas mãos unidas puxaram o balde e o azarado Inocêncio botou o focinho para fora do poço, recebeu uma histórica surra que nem em seus piores pesadelos imaginara levar. Os monges o deixaram estendido no chão e só não o mataram e o mandaram para seu Paraíso, sem o Raposo, é claro, porque, numa última tentativa de salvar sua pele, fingiu-se de morto! Ao acordar, todo dolorido, Inocêncio fugiu com muita dificuldade para bem longe do mosteiro. Cheio de ódio no coração, jurou, mais uma vez, vingar-se do Raposo sem pena nem compaixão...

A DIVISA DOS GARROTES

O dia mais uma vez brindava os largos campos próximos à toca de Mestre Raposo, com sua alegria luminosa e colorida, o que animou o Ruivo a caminhar pelos arredores.

Ao passar perto de alguns fornos de pão, ouviu um *cri, cri, cri*! Mas não um *cri, cri, cri* tranquilo, e sim de contentamento e júbilo. Ao se aproximar, notou que Felisberto, o Grilo, lia um livro de salmos à porta de sua casa, O Forno, de onde também se ouvia os gemidos das madeiras trincando pelo calor do fogo que as abraçava. O malandro se aproximou e, sorridente, exclamou:

– Que alegria no coração! Imaginei-me agora em um altar de anjos... Que voz doce e que religiosidade contagiante! Continue, amigo Felisberto, a leitura de seus salmos são curas para meu triste espírito que hoje sofre, apesar do belo dia.

O Grilo, como não esperava ouvir aquela voz, levou um susto tão grande que quase derrubou o livro nas chamas. Mestre Raposo falou novamente, de modo amigável:

– Minhas sinceras desculpas, santo amigo... Não tinha a menor intenção de lhe assustar, mas não resisti ao ouvir os cânticos dos salmos pela sua boca. São abraços de paz na minha alma e me dá alento e conforto, já que tenho me sentido pesado de culpa. Continue, eu lhe peço.

Felisberto, sentindo-se lisonjeado com aquelas palavras, respondeu:

– Raposo, esta é minha missão, curar almas como a sua, que vive na perversidade! É de boa vontade que continuarei, amigo...

Sem temer ou desconfiar do falso amigo que estava perto dele, foi saltando com o livro na mão, se aproximando cada vez mais de Raposo. Estava a um passo dele, e num segundo se viu preso sob as garras do patife, que o capturou sem a menor culpa. Acontece que o pequeno cantor de salmos era rápido e, notando uma brecha entre os dedos da pata, escapou tão rapidamente, que nem mesmo o Raposo notou. Quando se deu conta, já era tarde. E, do fundo do forno, bem protegido das garras e da boca do malfeitor que o procurava com ferocidade, Felisberto, indignado, gritou:

– Caia fora daqui, seu hipócrita! Você tem na boca um favo de mel e no coração um balde de fel! Evocando santas palavras para me fazer virar sua refeição! Suma daqui, seu vagabundo sem alma!

Irônico, Mestre Raposo respondeu:

– Amigo eremita, não entendo sua raiva, ainda mais vinda de você, um quase santo! O que eu fiz que pudesse lhe ofender tanto?

– Vai me dizer que não desejava me capturar e fazer deste pobre grilo seu café da manhã?

Sem se atrapalhar, o maroto contestou:

– Ah, estou chocado com tais acusações! Acha mesmo que eu seria capaz de devorá-lo, um quase santo como você que só nos traz conforto à alma? Nem eu mereço tantas injúrias assim! E mais, se esbarrei em você, foi com a intenção de tocá-lo, pois ouvi dizer que quando se toca em um quase santo, é possível obter cura.

– Com cara de ofendido, continuou: – Por eu ser muito maior do que você, acho que não consegui dosar a minha força, mas foi sem intenção de machucá-lo, tenha certeza disso! E, mesmo sendo um quase santo, saiba de uma coisa: hoje você foi injusto com uma alma em busca de perdão. Adeus.

Sem olhar para Felisberto, que o via se distanciar com alívio, Raposo, o falso, e que passava de todos os limites em nome da barriga cheia, partiu estrada afora, desapontado por não fazer do pobre e inocente eremita seu alimento. Caminhou atrás de alguma presa que valesse a pena e durante quase todo o dia nada encontrou. De repente, passou por um pasto, onde viu alguns bois, vacas e garrotes sob a vista do peão que os guardava a certa distância. Quando se deu conta, já se havia embrenhado cabisbaixo pela floresta. A sorte não lhe parecia sorrir naquele dia e, por onde passava, suas possíveis presas fugiam ao notar a temível presença do Ruivo. Sua fama inspirava temor em outros animais, o que também lhe enchia de orgulho.

– Realmente sou temido e com certeza a minha esperteza e minhas aventuras já correram os campos! Raposo, o grande e temível caçador... – falou, alegre, para si mesmo.

Porém, parou de vangloriar-se ao ouvir vozes. Uma era forte e majestosa, já a outra era fraca e submissa. Mestre Raposo nem teve tempo de procurar de onde vinham as vozes, porque ficou fuça a fuça com César, o rei Leão, ao lado de Inocêncio, o Lobo, que ali tratavam de assuntos administrativos da corte. Que grata surpresa para o Lobo! Sorridente, viu diante de si seu inimigo, que tantas vezes o humilhara. Lançou ao Raposo um olhar de desprezo. O momento não podia ser mais oportuno, pois o assunto era justamente o Ruivo, ao qual o Lobo estava acusando de tantas vilanias contra ele e outros animais. Inocêncio tinha esperanças de que, com as denúncias, César o castigasse, e coincidência melhor não poderia haver ao estar cara a cara com Mestre Raposo.

"Ah, quero só ver agora como este patife vai se sair! Tenho certeza de que César vai fazê-lo pagar por todo o mal que me fez, pensou o Lobo.

Pobre e azarado Inocêncio! Aquele encontro não poderia ter acontecido em pior hora... O rei, vendo diante de si que o pequeno Raposo era muito menor do que o Lobo, não se aguentou, pois apreciava rir das desgraças dos outros. Soltou um potente rugido, seguido de uma gargalhada quase interminável. O plano do acusador de submeter seu inimigo acabava de ir embora com aquelas gargalhadas! Para piorar, César, imaginando os truques do pequeno enganador diante das paspalhices de Inocêncio, continuou a rir descontroladamente. Foi uma cena inesquecível, onde, dois não, mas três animais rolavam pelo chão da floresta, gargalhando: o rei, que não se controlava; Raposo, que entrou no jogo para não contrariar Vossa Majestade, já que sabia o quanto era mal-humorado se não satisfeito; e, o mais triste, ou melhor, o mais engraçado, o patético Inocêncio, que para não sofrer a fúria do rei dos animais, ria a plenos pulmões. Ria de si mesmo, das humilhantes situações que Raposo o fizera passar.

Ao terminarem as zombarias sobre o pobre Lobo, César recuperou o ar e disse, com extrema alegria na voz:

– Ah, Raposo! Não imagina o quanto me fez feliz agora. Estava mesmo precisando rir pelo mau humor que me causa a fome! Por esse presente, lhe concedo a honra de caçar ao meu lado! E não aceito "não" como resposta, vamos!

O trapaceiro, ainda meio sem entender o que havia acontecido ali, mas buscando, como sempre, tirar proveito das situações, respondeu, bajulando o rei ao seu interesse:

– Majestade, como negar uma ordem vinda de suas nobres e sábias palavras? Grande César, nobre dos nobres, caçar ao seu lado é um sonho que nutro há muito tempo!

O rei, que apreciava palavras que o enalteciam, vendo a oportunidade também de se divertir à custa dos inimigos, aumentou ainda mais o embaraço de Inocêncio:

– Mestre Raposo e nobre Inocêncio, meu desejo é que vocês se tornem amigos! Sei que são inimigos há tempos, mas a partir de agora se perdoarão e se tornarão grandes companheiros! Esse é o meu desejo e, a partir de agora, o de vocês!

Raposo abaixou a cabeça em sinal de respeito e, fingindo humildade, adiantou-se e disse:

– Grande César, já não me lembro de motivo algum para sentir ódio de meu grande e estimado amigo Inocêncio! Meu coração está até mais aliviado em dizer estas palavras! Como dizia seu estimado avô, meu rei: leite derramado no chão não vira queijo, não é mesmo?

César olhou confuso para o Raposo, buscando se lembrar de uma frase que seu avô nunca pronunciara; mas, não querendo se fazer de tolo, sorriu, concordando com algo que nunca ouvira. E, perdoando Raposo das culpas que o Lobo o acusava, virou-se para Inocêncio e falou, irônico:

– Veja, grande Inocêncio, que lindo depoimento do Mestre Raposo, meu amigo e agora seu! Não acredito que vai recusar um pedido tão sincero como este, não é, sábio Lobo? Abracem-se na minha presença e jurem que se perdoarão pelas rusgas do passado!

Mais uma vez, Mestre Raposo se adiantou e, sorridente, falou:

– Jamais me cansarei de repetir, meu rei. Não me lembro de nada, nadica de nada, de nenhuma briga entre mim e meu grande amigo Lobo!

Inocêncio parecia ter um bumbo em lugar de coração, tamanha era a força das batidas. Sentia uma raiva tão grande, que tinha vontade de voar no pescoço de Raposo. Sabia que o cínico estava mentindo, mas diante dele estava César, há quem muito temia não somente como rei, mas também como caçador. Contrariado e fingindo felicidade, sorriu e disse:

– Majestade, as palavras do meu grande amigo Raposo são as minhas palavras! Também já não me recordo de nenhuma contenda que tivemos no passado!

Ao terminar, deram um forte e longo abraço. Claro que, dos dois lados, se pudessem morderiam a orelha um do outro.

Depois dos gestos gentis, o rei falou:

– Está feito! Agora que estamos felizes, vamos voltar às nossas barrigas! Saiba, Raposo, que estamos caçando o dia todo e até agora não conseguimos quase nada! Você teve melhor sorte nas suas caçadas?

O rapinador, pensando rápido para não desagradar o rei, respondeu:

– Incomparável César, vi sim, para seu deleite, na saída da floresta, bois, vacas e garrotes passeando livremente. Acho até que, se apurarmos os ouvidos, poderemos distinguir algum som vindo de lá.

O rei seguiu a sugestão do ladrão, pediu silêncio, e depois de ouvir os mugidos e os sinos que vinham das proximidades, ordenou:

– Inocêncio, vá imediatamente ao pasto e me traga ao menos três garrotes, duas vacas ou um boi dos maiores que encontrar. Enquanto você vai, eu ficarei aqui ouvindo as histórias do Mestre Raposo! Ande, não se demore mais!

Raposo, querendo parecer fiel à amizade que havia falsamente jurado, intercedeu pelo Lobo, que tremia de medo, e falou:

– Ah, meu rei, me perdoe, aprecio e me honra muito seu desejo de ouvir minhas histórias! Mas não posso permitir que meu amigo Inocêncio caminhe para a morte, pois, se for ao pasto sozinho, inevitavelmente será morto pelo pastor que guarda seus animais munido de um grande porrete.

O rei coçou a grande juba e respondeu:

– Veja, Inocêncio, que nobreza de seu novo amigo! E pensar o quanto o caluniou! Olhando por esse lado, penso que devemos agir com inteligência e, realmente, é bom que fique aqui, Inocêncio. Raposo saberá como nos trazer boa caça com seus truques, nisso é Mestre.

Ouvindo aquilo, Raposo olhou com desdém para Inocêncio, que, envergonhado, abaixou a cabeça por ter sido menosprezado pelo rei. Cheio de rancor, o Lobo viu seu inimigo desaparecer pela floresta. Já a certa distância do Leão e do Lobo, Raposo falou em voz alta consigo mesmo, enquanto caminhava pela floresta:

– Afortunado Raposo, se conseguir o que o rei deseja, será ainda mais favorecido na corte. Tenho que pensar num truque genial. E eu que achava que a sorte não mostraria sua face hoje!

Nem terminou suas reflexões e já estava no pasto, onde viu os animais próximos ao pastor, porém sem nenhum cachorro por perto. Parado a distância, sem ser notado, ficou imaginando uma maneira de afastar o homem, que dormia de roncar sob uma árvore, protegendo os olhos da luz com um grande chapéu de palha. Até pensou em correr em direção aos animais, tocando-os para o pasto: mas se o homem acordasse, poderia pôr tudo a perder, e adeus benefícios da corte. Isso sem falar que correria o risco de levar umas boas pancadas...

Já começava a se preocupar pela falta de ideias, quando observou um grande lago a pouca distância. Caminhou até a sua margem e observou a água transparente, apesar da profundidade. Uma pequena ideia começou a crescer, o que fez seus olhos brilharem. Pegou um pouco de lama e voltou até a árvore onde o pastor dormia. Rastejou sorrateiramente por trás dele e subiu em um galho bem alto, de maneira que ficasse acima da cabeça do dorminhoco. Sutilmente, derramou uma gota de lama sobre a face do homem. O pastor, achando que fosse uma mosca, esfregou o rosto com a mão e voltou a roncar, de boca aberta.

Na segunda tentativa, Mestre Raposo derramou grande quantidade de lama, que se espalhou sobre todo o rosto do pastor. Sufocado, ele acordou tossindo e, esfregando a lama que o cegava, abandonou os animais e correu aos berros até uma vala para se lavar.

Matreiro, Mestre Raposo o seguiu cautelosamente e, quando viu o homem se abaixar para lavar o rosto, deu um pulo nas costas dele, que foi parar dentro do lago.

Enquanto o pastor se debatia na água, sem saber o que lhe havia acontecido, Raposo voltou às gargalhadas para o pasto. Para sua surpresa, deu de cara com César, que, impaciente, viera, com Inocêncio, saber o motivo de tanta demora.

Como não entendiam o porquê das gargalhadas de Raposo, Inocêncio tentou tirar proveito daquela situação para vê-lo em maus lençóis. Nem se lembrando de suas juras e seus abraços de amizade na floresta, disse:

— Meu sábio rei, veja que pouco-caso lhe faz Raposo! Deixa-o faminto na floresta, à espera de sua refeição, sem a menor consideração! Deixa Vossa Majestade esperando por ele, e o danado aqui, às gargalhadas, rindo e brincando pelo pasto. E mais, não duvido que seja à sua custa. Em minha pobre opinião, se me permite, isso é uma falta grave de desobediência que bem merecia, no mínimo, pena de morte!

César, ao ouvir tal discurso de Inocêncio, ficou irado. Ele era um rei que agia conforme o vento lhe soprava ao ouvido. Indignado com tal ofensa, perguntou ao Ruivo:

— Mestre Raposo, de onde vem e por que está às gargalhadas? Por acaso esqueceu-se de sua missão?

— Sou feliz e estou gargalhando porque estou satisfeito em poder cumprir a missão que me ordenou...

Sem dar tempo para que o Lobo ou o Leão falassem, narrou toda a sua aventura para afastar o pastor de seus animais e lhe entregar de bom grado seu rebanho. Vendo que o rei gargalhava com aquela curta narrativa, fez a reverência e concluiu:

– Sábio rei, eis os animais como lhe prometi, são todos vossos, para seu bel-prazer!

Enquanto o Lobo espumava de raiva, tendo de conter sua ira, o Rei falou:

– Realmente, Mestre Raposo é o melhor em astúcia! Terei gosto em vê-lo desfilar em minha corte!

Enquanto o Raposo se deleitava de alegria, pois a partir daquele momento fazia parte da nobre corte, viu o rei espantar com maestria três gordos garrotes para o fundo da floresta, onde os abateu. E, descansado pelo esforço, o rei ordenou:

– Inocêncio, já que foi um completo inútil, poderia agora provar utilidade ao seu rei! Partilhe entre nós, e de maneira igual, estas três presas.

O Lobo, achando que era o momento de provar sua inteligência ao rei e se vingar do Mestre Raposo, falou, com voz firme:

– Sim, Majestade! Pois bem, para o Grande César, o sábio, deixo dois suculentos garrotes. Já para mim, penso que mereço o outro que sobrou! Quanto ao Raposo, não vejo necessidade de tal alimento, pois, como é astuto, não lhe faltará caça.

César, ao ouvir aquilo, balançou fortemente a juba. Soltou um alto rugido e deu uma potente patada na cabeça de Inocêncio, a ponto de lhe arrancar a pele do topo. Voltou-se para o malandro e disse:

– Veja, fiel Raposo, este infeliz nem ao menos tem a maestria de fazer uma simples partilha justa dos três garrotes! Acredito que você se sairá melhor.

O arteiro, entendendo que a partilha justa era aquela que favoreceria somente ao rei, uma vez que esta era a justa divisão para os poderosos, agiu com prudência e, tirando proveito da desgraçada lição do Lobo, falou:

– Majestade, na minha divisão, tenho absoluta certeza de que lhe cabem dois gordos garrotes! Quanto ao terceiro, sou da humilde opinião de que deveria ser entregue à nossa estimada rainha, para que divida com nosso amado príncipe! Quanto a Inocêncio, saberá encontrar novas caças. Para mim, me sobra a alegria de ver a família real de barriga cheia e prosperando, para o bem de nosso reino.

O Rei, satisfeito, respondeu alegre e eufórico:

– Realmente. Raposo, você é um Mestre não somente nas suas estratégias de caça, como também na ciência de saber dividir tão bem esses garrotes! Quem lhe ensinou a arte de dividir tão bem?

Raposo respondeu, inflamando ainda mais o ego do rei:

– Certamente veio de suas lições, meu rei, sempre ouvi com muita atenção suas generosas decisões na corte!

O rei, rugindo de contentamento, respondeu:

– Sempre será bem-vindo em minha corte! Não me esquecerei jamais dos serviços que hoje me prestou!

E, dispensado pelo rei Leão, o ardiloso tapeador o deixou, junto a Inocêncio, que foi obrigado a carregar os três garrotes até a corte, para o deleite de César.

Raposo, ao chegar à sua toca, contou para a esposa e os filhos a história daquele dia, fazendo todos rirem até quase perderem o fôlego. As paspalhices do tolo Inocêncio eram uma das diversões preferidas da família.

A FÚRIA DO REI

Os dias daquele encontro na floresta entre Raposo, César e o pobre Inocêncio haviam ficado apenas na memória do malandro, e se tornado uma boa história que ele não se cansava de contar.

A manhã era preguiçosa e sem muito movimento, e o dia caminhava assim, quase em silêncio, modorrento... Até que toda a calmaria foi quebrada por uma voz parecida com trovão em dias de tempestade:

– Ooo, Raposooo, Raposooo... Está em caaasa? Aaabra a pooorta!

Diante das portas d'O Castelo, o Urso Brian gritava, com as patas na boca, fazendo um eco ensurdecedor. Justo naquele dia que decidira visitar o Mestre Raposo não havia ninguém em casa?

Brian tentou achar uma porta ou janela aberta, mas não obteve sucesso. Tudo estava muito bem trancado. O Urso, que não tinha paciência alguma e era bastante bruto em seus hábitos, tornou a rugir com mais força ainda, dando fortes golpes na porta, o que quase a colocou no chão. Mesmo assim, nenhuma resposta, o silêncio era sepulcral. Parecia não haver viva alma ali.

Mas só parecia, pois o Raposo, astuto e não confiando em ninguém que batesse à sua porta, ainda mais com aquela agressividade, esperava que os chamados cessassem. Então, sorrateiro, espiou pelo buraco da janela lateral. Quando viu Brian, sorriu e falou para si mesmo, baixinho:

— Ah, por essa eu não esperava mesmo... Brian não veio na melhor hora, mas eu já estava com saudade de aprontar uma com alguém — esfregou as mãos, certo de que seria bem-sucedido no seu apronto. — Bem, posso pregar aquele novo truque no grandalhão, que só tem tamanho. Inteligência mesmo, não tem nada.

Infelizmente o Urso batera na porta errada aquele dia...

Mestre Raposo foi até a esposa e os filhos, que estavam descansando junto à lareira, e falou:

— Vejam, Brian está à porta. Quero que vocês o recebam com grande alegria. O restante, deixem comigo.

Voltou até a porta e, ao abri-la, nem teve tempo de falar, atropelado pela voz grossa do Urso:

— Mas que demora, meu sobrinho! Venho de longe e me deixa aqui esperando esse tempão à sua porta? Preciso de pouso e comida! Sua esposa e seus meninos estão bem? Me deixe entrar, já fiquei aqui fora por demais!

— Mil desculpas, caro tio, estava lá nos fundos e não ouvi! Entre, minha família o aguarda junto à lareira.

Ao chegar à sala da lareira, a esposa e os filhos de Raposo receberam Brian com imensa alegria, o que deixou o Urso até um pouco desconfiado, pois a família não era muito dada aos bons tratos. Já ouvira muitas histórias de que quem caía na toca do Mestre das malvadezas nunca passava incólume. Mas, como estava muito cansado e faminto, esqueceu-se da cautela e de se precaver, o que acabaria por lhe custar muito caro.

Entre abraços e gestos de carinho, o colocaram numa grande poltrona, onde, enquanto se aquecia nas chamas da lareira, falou, sentindo-se bajulado e confortável:

– Realmente, meu sobrinho, não se deve dar ouvido às fofocas que vêm das florestas e dos campos sobre sua conduta! Quantas besteiras falam por aí a seu respeito. Tudo mentira, pois estou vendo o quanto é bondoso. A partir de hoje tem minha proteção. Mas para proteger você e sua família, preciso comer, e muito! O que tem aí para me oferecer? Não me aguento de fome.

– Suas palavras me emocionam, meu tio, que alegria ouvir essas palavras vindas do senhor, que é o forte entre os fortes! Quanto ao que lhe dar de comer, sinto muito, estamos passando por uma grande crise devido às calúnias que você bem sabe que fazem contra mim. Temos nos alimentado unicamente de algo que não apreciará. Só de me lembrar, quase me vira os bofes. Não seria delicado servir ao meu tio uma coisa grudenta para comer. Seria uma ofensa à sua nobreza.

Curioso, o Urso perguntou:

– Pois diga-me, o que vocês comem que lhes causa tanto nojo?

Mestre Raposo, fingindo náusea, respondeu, tapando o nariz e sendo imediatamente imitado pelos familiares:

– Que nojooo... É mel, meu tio, que horrível o sabor, nem imagina...

Brian, ao ouvir aquilo, deu um pulo da poltrona e, de olhos arregalados, falou:

– Mellll... É isso mesmo que meus ouvidos ouvem? É o manjar dos deuses, meu preferido! O que espera, me traga logo, vamos, vamos...

Mestre Raposo, dando uma sutil piscadela para sua esposa e filhos, respondeu:

– Ah, se eu soubesse teria feito um estoque na minha casa para lhe presentear, que pena! Mas, como tenho grande apreço por você, meu tio, o levarei a um lugar onde poderá saciar sua fome. Lá, o mel derrama como água numa cachoeira!

Enquanto Raposo falava, Brian salivou tanto que começou a babar. Não contendo tanta ansiedade, falou, apressado, buscando encerrar o assunto:

– Ah, sim, sei, sei de seu carinho, mas vamos logo, estamos atrasados...

O velhaco, segurando o riso entre os dentes para não lhe escapar pela boca, mordia a língua! O Urso foi saindo pela porta, apressado, sem nem ao menos se despedir. Estava tão entusiasmado com a oportunidade de esbaldar-se de mel, que nem notou Raposo e sua família mordendo as patas de tanta vontade de rir. Certamente, quando se viram sozinhos, devem ter gargalhado pra valer.

A passos apressados, Raposo e Brian caminharam lado a lado até desaparecerem entre as árvores da mata. Conversa vai, conversa vem, Mestre Raposo subitamente parou e disse:

– Meu tio, está vendo aquela clareira? É ali que encontrará seu doce paraíso!

O calhorda divertia-se à custa do Urso, que não conseguia conter o desejo de saborear o precioso mel. Raposo também sabia que Machado, o Lenhador, andava por aquelas bandas derrubando árvores, pois o vira ali no dia anterior rachando um tronco. Deixara ali duas cunhas, a fim de mantê-las separadas até sua volta. Este era o grande plano de Raposo para divertir-se à custa do Urso comilão.

Lembrou-se de que o espaço no tronco da árvore, separado entre as duas cunhas, era o ideal para ver o focinho de Brian preso. Ao se aproximarem da armadilha, Mestre Raposo falou:

— Meu tio, está vendo aquela abertura no tronco ali adiante? No fundo dela está seu doce paraíso. Enfie o focinho o mais fundo que puder e sacie seu desejo. Esse é o meu presente para sua felicid...

O Urso nem deu a Raposo a chance de concluir a frase. Foi logo empurrando-o de lado e quase deslocou o ombro do traquina, tamanha foi a força que usou para tirar o Raposo de seu caminho.

Brian correu em direção ao tronco, o abraçou e enfiou o focinho na abertura, procurando seu precioso mel. Já o maroto Raposo, divertindo-se com a cena, perguntou:

— Tio, e então, como está o sabor do mel, agrada o seu paladar?

Somente ouviu grunhidos como resposta, pois Brian estava concentrado demais na busca de sua doce iguaria para perder tempo respondendo. Aquela era a deixa para Raposo terminar seu plano. Devagar, foi se aproximando do Urso e, sem lhe dar tempo para alguma reação, retirou as cunhas do tronco e as partes da madeira se uniram, prendendo o focinho de Brian! O pobre Urso nem mesmo teve tempo de soltar um urro de dor, de tão rápido que foi. Preso ao tronco, ele se debatia mais e mais; porém, a cada esforço para tentar se livrar da armadilha, sentia como se seu focinho fosse se separar do rosto. Além disso, estava tomado pela raiva, pois percebera, pelo canto do olho, o Raposo, que tão bem o recebera em sua casa, gargalhando de sua desgraça.

Meu tio, chega de comer mel, é melhor deixar para outro dia! Tenho que voltar para minha casa, já é tarde!

O infeliz Urso continuava a se debater, numa mistura de dor e ira pelas palavras do malandro e, quanto mais se mexia, mais o tronco lhe apertava o focinho. Nisto, eis que Machado, despertado pelos urros de Brian, que não eram nada discretos, olhou para o campo diante de seu rancho e, para seu espanto, viu: um grande urso abraçado ao tronco de uma árvore. O homem, apavorado, gritou para seus vizinhos:

– Socorro, ajudem! Olhem o urso! Tem um enorme urso no meu quintal, roubando minha madeira...

Num piscar de olhos, formou-se uma aglomeração de vários homens com porretes, paus e machados, que foi na direção do Urso. O pobre coitado tinha de tomar uma decisão rápida: ou ficaria ali e seria morto sem piedade, ou fugiria, deixando para trás, na madeira, a pele ou parte de seu querido focinho.

O gaiato Raposo, ao escutar aquelas furiosas vozes que se aproximavam, já estava bem longe do perigo, mas não o suficiente para dizer a Brian, de maneira cínica:

– Meu tio, sinto muito, mas não creio haver uma maneira segura de tirá-lo de seu mel! Até logo, seu guloso!

Claro que Mestre Raposo adoraria ficar ali para ver o resultado de sua traquinagem. Porém, temendo por sua segurança, partiu apressado, com um andar majestoso, de cauda em pé, feliz com sua arte. Quanto a Brian, seu desespero crescia à medida que as vozes aumentavam de intensidade. Seu coração, acelerado, temia pelo pior.

Num ato de muita coragem e preferindo viver sem a pele do nariz ou sem o focinho a virar troféu na sala de algum daqueles homens, juntou forças e, de uma só vez para não fraquejar, deu um forte puxão, libertando-se do tronco! Quando os lenhadores chegaram, viram apenas um urso correndo sem olhar para trás, deixando no tronco apenas o couro de seu focinho, para a decepção deles.

Diante da humilhação sofrida, Brian, furioso, decidiu ir até a corte para denunciar Raposo ao rei e pedir justiça. Depois de muito caminhar, com o focinho ferido e morto de fome e sede, chegou diante de César, o Leão, rei de todos, que, ao vê-lo em tal estado, lhe perguntou, horrorizado:

– Mestre Urso, quem lhe deixou desse jeito?

Ofegando e sentindo muita dor, Brian falou:

– Ah, meu nobre rei, foi o patife do Raposo! Quero justiça, Majestade!

Depois de ouvir toda a história das trapaças de Raposo, o rei soltou um grande rugido e, chamando Caetano, o Gato, lhe ordenou:

– Fiel Caetano, sei que tem o espírito tão astuto quanto o do Mestre Raposo. Sendo assim, vá imediatamente à toca dele e diga-lhe que ordeno sua presença na corte, sem demora! Ele me pagará por esta vilania!

Sem saber dos fatos que enfureceram tanto ao rei para ordenar a presença de Raposo na corte, o pobre Caetano recebeu aquela ordem como uma flecha no coração. Sabia o que lhe esperava ao encontrar seu grande inimigo. Mas, como tinha que obedecer às ordens do rei, apenas inclinou-se em reverência e saiu cabisbaixo da corte, sem proferir ao menos uma palavra, de tão temeroso que estava com aquela missão.

Caminhou absorto em maus pensamentos, tentando se preparar para aquela malfadada missão. Ir ao encontro de Raposo, para muitos, era um ato de suicídio. Mal percebeu e já estava diante d'O Castelo, lar do temido vilão e inimigo. Mas, antes de ver Raposo, este, de uma de suas janelas, já o havia avistado ao longe e, abrindo as portas, lhe recebeu com um grande e falso sorriso, demonstrando alegria por aquele novo encontro:

– Mas eu não acredito! Meu primo Caetano! Que alegria me traz sua presença na minha humilde morada!

Sem demora e também fingindo alegria, o Gato respondeu:

– Querido primo, também me alegra revê-lo! No entanto, venho aqui sob as ordens do rei, que exige sua presença! Quer algumas explicações suas por motivos que não me revelou. Não se demore, sabe o quanto César é impaciente com atrasos.

Mestre Raposo lançou um olhar inocente para Caetano e respondeu:

– Eu também não faço a menor ideia do motivo que levou Sua Majestade a me convocar para ir à presença dele. Mas irei assim que resolver umas pendências urgentes.

Caetano deu-lhe as costas e já ia pegando o rumo da estrada em direção à corte, quando Raposo falou, cheio de segurança:

— Primo, não permitirei que você parta de barriga vazia! Se desejar, podemos partilhar uma deliciosa refeição. Preciso lhe dizer que apreciaria muito a sua companhia. E acho que você vai gostar muito do cardápio. Será que adivinha o que seria? – fez um ar de suspense e completou – Isto mesmo, suculentos ratinhos que guardei especialmente para este encontro!

Ao ouvir a palavra *rato*, Caetano lambeu os beiços. Sabia que estava diante de seu inimigo e que não deveria confiar em uma palavra dita por ele, mas imaginar suculentos ratinhos o desarmou completamente. Esqueceu-se que era um trapaceiro da pior espécie que estava diante dele e perguntou, com água na boca:

— Meu primo, me honraria dividir a mesa contigo! Diga-me, onde se encontram essas saborosas iguarias?

– Muito perto, logo ali no celeiro do senhor Irineu, que há muito vem estocando grandes quantidades de milho, comida fácil para os ratinhos que transformaram o lugar em seu reino. Primo, esteja preparado, não creio que todas aquelas suculentas presas lhe caberão na barriga. São muitas, a escolher! É o paraíso dos gatos!

O Gato estava extasiado com aquela possibilidade e, vencido pela gula, falou, rindo de prazer:

– Primo, o que estamos esperando, vamos logo! Sem demora...

Caetano estava hipnotizado pelas palavras de Raposo e por sua sede de ratinhos. Se naquele momento tivesse o dom de ler mentes, saberia que seu inimigo lhe preparava uma arapuca, já que no celeiro não havia nem milho nem ratos. Também iria saber que o senhor Irineu preparara uma corda bem no buraco por onde Raposo passava, a fim de capturá-lo, pois o homem estava louco para pegar o ladrão de galinhas. O Ruivo, ciente daquela armadilha, a guardava para uma melhor utilidade que não fosse em volta de seu pescoço. Com a vinda inesperada do Gato, a oportunidade lhe surgiu. Que bela maneira de se livrar de Caetano, seu grande inimigo! Sem perder tempo, os dois pularam os muros da propriedade e, quando estavam diante do celeiro, Raposo, vendo o tal buraco, falou baixinho para Caetano:

– Primo, é aquele buraco ali. Do outro lado está a cidade dos ratinhos. Como é mais apreciador dessa iguaria do que eu, concedo-lhe a honra de ir primeiro!

Receoso, mas ao mesmo tempo ansioso, o Gato caminhou lentamente até o buraco. Raposo, percebendo a desconfiança de Caetano, fingiu que iria passar na frente dele. Falou, sussurrando:

– Ah, não vejo tanta fome em você! Deixe-me ir na frente. Quero me fartar de tanto comer ratinhos. Note que não temos muito tempo até que notem nossa presença!

Aquela foi a palavra mágica que Caetano precisava ouvir para dar um grande salto até o buraco. Porém, nem bem atravessou do outro lado, quase foi enforcado pela corda e, miando sufocado, falou colérico, para o Raposo:

— Seu mau-caráter! Seu malvado! Eu confiei em você! Vai me pagar caro, seu traidor!

Raposo ria tanto que rolava no chão. Ver o Gato pulando de um lado para o outro, tentando se livrar da corda, era a melhor comédia que já vira em sua vida!

O miado de Caetano e o barulho de seus pulos chamou a atenção do senhor Irineu, que pegou um porrete e foi até onde havia colocado a armadilha. Pensando que havia capturado o ladrão de galinhas, que àquela altura já estava longe dali, o homem deu tantas cacetadas no Gato, que este perdeu a visão de um olho, enquanto se defendia das pancadas. O Gato fez tanta força, mas tanta força, que conseguiu arrebentar a corda.

Para fugir de seu agressor, usou suas garras e suas presas afiadas, deixando o homem todo arranhado e mordido. Mesmo cego de um olho e todo dolorido pelas pancadas que levara do senhor Irineu, foi direto para a corte relatar ao rei o que havia ocorrido. Ao chegar lá, após horas de caminhada, atravessou o salão e, de joelhos diante de César, falou gemendo:

— Olha, meu rei, o preço que paguei ao levar uma ordem sua a Raposo! Esta é só mais uma amostra de tantos delitos, mentiras e trapaças que o infiel Raposo pratica além dos muros da corte! Humilhando-me, ele o humilhou, Majestade, uma vez que sou sua fiel voz fora da corte! Nem fez caso de Vosso Poder e Glória...

Aqueles argumentos do Gato inflamaram os demais presentes no salão real, que gritaram em coro:

— Justiça! Justiça! Justiça!

César, o Leão, tomado de cólera, rugiu como nunca se ouvira antes. Os muros da corte tremeram! E, entre gritos de satisfação e aplausos de seus súditos, o rei ordenou:

— Tragam o Raposo... Tragam aquele infiel à minha presença, agora!

O TESOURO DO MESTRE RAPOSO

A corte estava em grande alvoroço naquele dia, os mensageiros do rei já haviam partido com as suas convocações e não demorou para uma multidão de animais aglomerar-se diante do trono de César. Apesar das diferenças entre eles, duas coisas os uniam e os igualavam: praticamente todos haviam sido vítimas dos nefastos trambiques e armadilhadas do Mestre Raposo. Todos desejavam que ele fosse enforcado imediatamente, pois só assim se sentiriam vingados.

Diante daquelas vozes humilhadas e acusadoras, o rei levantou-se do trono, o que fez todos se calarem. Então, César soltou um sonoro rugido para mostrar poder e disse:

— Meus fiéis súditos, estamos aqui para acusar Mestre Raposo e julgá-lo por assassinatos, pilhagem, falsos testemunhos e, pior, o crime de lesa-majestade, o que muito me aborrece! Mas, para julgá-lo, é necessário que alguém dentre vocês vá imediatamente até a toca dele e lhe envie a ordem de se apresentar o mais rápido possível à presença deste Tribunal Real. Algum fiel voluntário?

Um silêncio maior ainda pairou no recinto. Ninguém se mexia. Todos tinham o mesmo temor: ir até os domínios do Mestre Raposo e ser vítima de suas malvadezas.

De repente, uma voz quebrou a quietude. A voz era de Patascurtas, a Doninha de voz forte, apesar do seu pequeno tamanho.

– Meu senhor, como sou o parente mais próximo do Mestre Raposo, estou seguro de que me ouvirá com maior atenção! Apresento-me para cumprir suas ordens, Majestade.

O Leão, notando que ninguém mais se apresentava, falou:

– Que assim seja, fiel Patascurtas! Vá, agora! Cumpra minhas ordens com galhardia!

Enquanto a Doninha partia, o rei virou-se para Orelhaslongas, o Asno, que era chefe dos arautos, e lhe ordenou:

– Orelhaslongas, prepare o povo e anuncie em altos pulmões o julgamento de Raposo para amanhã. Deixe bem claro que ninguém pode faltar!

O Asno, juntamente com seus auxiliares, saiu por todos os cantos do reino para anunciar o esperado julgamento do Ruivo, acontecimento havia muito desejado por seus inimigos. Enquanto isso, Patascurtas caminhava pela estrada, pensando em como iria convencer o primo a comparecer a seu próprio julgamento. Era quase noite quando chegou à toca do Raposo, O Castelo. Bateu suavemente, o suficiente para Raposo responder de imediato:

– Quem bate a esta hora na minha porta? Identifique-se ou volte para o seu caminho!

A Doninha respondeu:

– Sou eu, primo, Patascurtas, e venho em nome do rei!

O Ruivo, reconhecendo a voz da Doninha, abriu a porta e disse:

– Que alegria em vê-lo, meu primo! Entre, as ruas após as seis da tarde já não são mais seguras!

Patascurtas entrou e, enquanto saboreava um chá quente servido por Ramona, narrou-lhe toda a situação e o que se passava na corte. O malandro, temendo por sua vida, se recusou a ir e disse:

– Meu primo, todos lá naquela corte querem minha cabeça! Se eu colocar uma pata dentro daqueles portões, serei condenado, e aí me verá dependurado por uma corda! Agradeço o convite, mas daqui não saio por nada. Minha casa, minha fortaleza!

Sereno, a Doninha respondeu ao argumento de Raposo:

– Meu primo, é justamente esse o desejo de César, que você não vá mesmo! Sabe por quê? Porque poderá enviar seu exército à porta de sua toca, O Castelo. Dessa maneira, ele mostrará aos seus súditos e inimigos a sua força. E, acredite, ele fará isso com a maior fúria e o maior contentamento. Caso isso aconteça, o que poderá você fazer? E sua amada esposa e seus filhos, como os defenderá das armas reais?

Raposo, pensativo, perguntou:

– E o que devo fazer, primo? Tenho certeza de que serei condenado!

Patascurtas sabiamente respondeu:

– Não creio que o seja. Veja bem, você é um Mestre, todos o temem ou o admiram por sua sagacidade, por sua astúcia! Acredito que seu comparecimento mostrará sua coragem diante do rei e de seus súditos. Mostrará que você não teme se apresentar diante de uma multidão irada.

A Doninha deu um longo suspiro e prosseguiu: – Cá entre nós, muitos dos moradores do reino nutrem certa admiração por suas aventuras. Se você usar seu melhor comportamento diante de todos e se explicar de forma clara, estou certo de que aplacará a ira do rei e dos súditos e será absolvido.

Como Mestre Raposo não abriu a boca, a Doninha falou: – Vamos fazer o seguinte: vamos descansar um pouco e sair bem cedo, amanhã. Chegaremos antes do combinado, o que será sinal de respeito a César, que detesta esperar.

Raposo aceitou a ideia da Doninha e na manhã seguinte, antes de partir, disse à sua esposa, dando-lhe um beijo:

– Querida Ramona, hoje vou correr grande perigo, cuide de Radagásio e Ranulfo e torça por mim! Até minha volta, assim espero!

Os dois desapareceram na neblina que cobria a estrada naquela manhã. Enquanto caminhavam, Patascurtas buscava dar bons conselhos a Raposo, que entravam por um ouvido e saíam pelo outro. Mas mesmo assim, o embusteiro fingia concordar; afinal, a Doninha fora o único amigo que lhe sobrara. Simulando arrependimento, falou:

— Meu primo, diante deste sol que abre as cortinas deste dia lhe dou minha palavra que nenhuma galinha, andorinha, coelho ou qualquer outro animal sentirá minhas garras novamente. Minha palavra, meu ouro.

Durante todo o caminho, os dois foram conversando, como se fossem velhos amigos. Não demorou muito e já estavam diante do pátio do castelo do rei Leão. Os dois passaram entre a multidão de animais e o Mestre Raposo ouviu muitos insultos e pedidos de justiça e morte. A maioria daquelas vozes inflamadas, em algum momento, ou havia sido vítima do trapaceiro, ou seus parentes sofreram nas mãos dele, que, enquanto caminhava, pensava, com sorriso nos lábios: "Calma, amigos e sócios! Ainda não me colocaram a corda no pescoço!".

Todavia, ao observar a forca sendo preparada, sua expressão se fechou, preocupada, e pela primeira vez Mestre Raposo sentiu-se trêmulo.

Diante do trono do rei, que fora colocado no pátio, o Ruivo não perdeu a elegância: fez uma das mais bonitas reverências a ele. O monarca o olhou com desprezo e, sem demora, começou o processo, enumerando os fatos que traziam Raposo diante do Tribunal. Em seguida, foi chamando as vítimas que o acusavam. O primeiro foi Caetano, o Gato, que todo enfaixado e cego de um olho falou:

— Majestade, amigos aqui presentes, vejam o estado em que me encontro! Estou limitado a ver as belezas do mundo somente com um olho! A dor que carrego na alma por culpa deste facínora não tem cura!

Sem esperar, Brian, outro acusador, acrescentou:

— E eu, que humilhação! Fui recebido com mimos na casa do Raposo e, quando achei que éramos amigos, fui traído de tal ma-

neira que perdi a pele do meu focinho, que só não foi arrancado por muita sorte.

    E assim, lobos, grilos, galos, galinhas, andorinhas, pardais, corvos e incontáveis animais fizeram uma fila para bradar acusações contra Raposo. Foram horas de relatos. As acusações eram muitas, como também as ofensas e os pedidos de morte para o perverso, que ouvia tudo sem esboçar a menor reação de raiva, medo ou nervosismo. Olhava para o vazio. Parecia não estar ali, mas estava. Ouvia tudo e arquitetava mentalmente sua defesa. Não podia errar; caso contrário, a forca seria seu destino. Quando as denúncias terminaram, pediu permissão ao rei para fazer a própria defesa:

    — César, grande e sábio rei a quem me honra servir, peço-lhe paciência, e que me conceda a palavra para demonstrar que as acusações às quais sofro neste Nobre Tribunal são infundadas e sem provas. E mais: me acusam sobretudo porque sentem ciúme por eu ter sido favorecido por Vossa Majestade, que muitas vezes confiou a mim missões que eles mesmo desejavam executar! Quanta mentira recai sobre minha pessoa! São manobras desesperadas para me aniquilar. Garanto que se fosse outro que estivesse em meu lugar, a situação seria a mesma, pois são todos invejosos. Vejam o caso de Caetano: ele perdeu o olho graças à sua gula, pois invadiu o celeiro do senhor Irineu para roubar-lhe os ratos. Já Brian, comilão e desajeitado, na gana de ter mel a qualquer custo, enfiou o focinho onde não devia. Vejam só no que deu: perdeu a pele do focinho. Eu, de fato, nada tive a ver com a desgraça dos dois. Para não serem escarnecidos e achincalhados por suas trapalhadas, trataram de pôr a culpa em alguém! E a quem resolveram culpar? A mim, pobre Raposo, que já levo a fama de facínora, ladrão e malandro. Já diz o ditado que aqui se faz, aqui se paga, já que tiveram o castigo merecido pelo roubo do mel e pela invasão de propriedade. Mas, não contentes com tanta maldade, decidiram colocar a culpa em mim, que nem aprecio mel e ratinhos – fez uma pausa dramática e prosseguiu: – Será que também me acusaram das tantas surras que sofreram, das malfadadas aventuras e da fome que sentem, eu que desconheço a história de suas vidas? Quanto a Inocêncio, que me acusou de trapaça, nem vergonha tem de se mostrar um perfeito pateta e dizer-se inocente, quando todos sabem que é um dos maiores ladrões deste reino! Era o que me faltava a acusação de ser o responsável pela perda de parte de sua cauda e querer afogá-lo. Faço então duas perguntas que, espero, Vossa Majestade leve em consideração! Cada animal não deveria ser responsável por sua cauda? E também: se não sabe nadar, não deveria ser mais prudente ao entrar na água?

Todos olhavam para Mestre Raposo com os olhos arregalados. E concordavam unanimemente em um aspecto: ele falava bem!

O astuto Ruivo continuou:

– Se desejam tanto me acusar e me ver dependurado na forca, arrumem provas. Se eu for culpado, me coloco à disposição da Justiça Real, que jamais falhou e, acredito cegamente, jamais falhará! Até porque, alguém que acha que o Paraíso é no fundo de um poço, que ratinhos constroem cidadelas em celeiros, que mel verte de troncos de árvores e tantos outros absurdos mais, não pode ser levado a sério, não é, meu sábio rei?

Vendo que o rei parecia entontecido com sua fala, Mestre Raposo completou:

– Meu Senhor, esses são meus humildes argumentos. Estou seguro de que saberá agir e decidir se sou culpado ou inocente, uma vez que é O Grande Sábio que nos governa com justiça! Não fujo e jamais fugirei dos embates para defender minha honra, e juro, diante de Vossa Majestade, que o que aqui disse é digno de fé. Nada mais a declarar, obrigado a todos.

Raposo advogou em sua defesa com maestria e a estratégia deu tão certo, que todas as culpas que lhe caíam sob os ombros foram arremessadas sobre as costas daqueles que o acusavam. Funcionou tanto, que a multidão que o empurrava para a forca agora estava convencida que diante deles falava um santo. Comovidos, torciam o nariz para seus acusadores. Quase se mordendo de raiva, Caetano falou por entre os dentes para Brian e Inocêncio, que estavam desolados:

– Hoje não poderemos mais saborear nossa vingança! Amigos, estamos em maus lençóis. Acreditem nas minhas palavras: ao pisar para fora deste palácio, Raposo não medirá esforços para nos ver sofrer de todas as maneiras!

Seus acusadores já rezavam o quanto podiam, temendo a ira do Mestre das artimanhas, que já se via livre; porém, gritos e choros chamaram a atenção do rei, que já se preparava para anunciar o perdão a Raposo. Um grande cortejo surgiu no meio da multidão: quatro galos carregavam uma maca, levantada à altura do pescoço. Sobre ela estava a senhora Botadeira, a Galinha, morta, decapitada. Ninguém conseguira achar a cabeça da pobre-coitada. Ao se aproximarem do trono do rei, baixaram a maca com a Galinha e Belocanto se aproximou, com os olhos marejados de lágrimas. Com a autoridade de Senhor do Galinheiro, falou:

– Venho aqui, diante de Vossa Majestade, não somente como autoridade, mas também como pai que sofre a perda de um ente querido. Este assassino tirou a vida de minha amada filha, veja a maldade que lhe fez e, mais, são incontáveis a vezes que invadiu os meus domínios para cometer crimes contra minha gente. A dor que sinto nesse momento é insuportável. Mas a dor que temos sentido ao longo dos anos não tem sido menor. O Galinheiro vive de luto. Não há mais dias de festas por aquelas terras. Eu mesmo, se não uso de inteligência, não estaria aqui e agora para contar-lhe essa triste história. Peço-lhe humildemente que se faça justiça!

Nesse momento, a multidão, que já clamava pela absolvição de Raposo, mudou de opinião. Revoltada e compadecida pela dor de Belocanto, gritaram a plenos pulmões:

– Enforquem o Mestre Raposo. Enforquem o assassino!

Ao ouvirem aquele ataque de fúria, a esperança de ver Raposo dependurado na forca se renovou no sorriso de Inocêncio, Caetano e Brian, que já estavam dando um jeito de desaparecer dali.

Mestre Raposo, por sua vez, sentiu-se paralisado ao ouvir o clamor da multidão. Parecia estar em transe. De repente, teve uma visão: seu corpo estava dependurado na forca e os inimigos se encontravam ao redor, dançando, dando-lhe pauladas, se vingando por tudo o que ele já fizera ao longo da vida.

Sua terrível visão foi interrompida pela voz de César, que gritou:

– Enforquem este assassino! Enforquem-no em nome do Vosso Rei e da Justiça...

O carrasco pegou o condenado pelo braço, mas foi interrompido por Caetano, que falou, sorridente:

– Majestade, permita que Brian, Inocêncio e eu tomemos o lugar do carrasco? Nós, que fomos tantas vezes humilhados por este facínora, vamos executar com perfeição a Vossa Ordem Real...

Assim que obtiveram a autorização do rei, os três se aproximaram de Raposo e, rindo de sua expressão assustada, Inocêncio falou, sem piedade:

– Amigos, vamos logo dar um fim neste traidor antes que o rei mude de ideia, vamos! Brian, segure o Mestre Raposo e coloque a corda no pescoço dele. Inocêncio, quando ouvir a voz do rei, puxe a escada.

– Já eu quero olhar nos olhos de Raposo com meu único olho. Serei a última visão em vida deste miserável! – rebateu Caetano.

O Ruivo já nem tentava escapar. A força ali seria inútil, seria o fim. Parecia derrotado.

Parecia! Até que seus olhos brilharam como se fossem dois diamantes em noite escura. O que estaria arquitetando o malandro? Levantando a cabeça, se dirigiu ao rei:

– Justa Majestade, lhe suplico que me dê a oportunidade de dizer minhas últimas palavras...

O rei, mesmo desagradando a multidão, permitiu, o que levou Inocêncio a murmurar para os amigos, derrubando seus sorrisos da boca:

– É agora que a vaca foi pro brejo, nem continuem, podem parar...

Raposo, jogando as últimas fichas na esperança de salvar sua pele, olhou para todos e disse:

– Meu Incomparável Rei, agora que vou morrer, gostaria de dizer-lhe que foi uma honra e glória poder servi-lo. E mais, que jamais haverá outro como Vossa Majestade. Também desejo confessar todos os meus crimes, para que saibam que fui eu que os cometi, a fim de não acusarem outro inocente por culpas exclusivamente minhas! Quero partir sabendo que fiz o que deveria ter feito e, confessando meus crimes, me entrego em paz nos braços do Criador de todas as coisas! A todos os presentes, foi uma honra viver ao lado de vocês e que o Criador tenha misericórdia de minha alma...

Ao ouvir aquilo, Caetano colocou a pata sobre o rosto e falou, já vencido:

– Amigos, vamos partir agora, perdemos! Acreditem, perdemos...

Inocêncio, mais satisfeito ao lado de Brian, respondeu:

– Como assim, partir? Não vê, o Raposo acaba de confessar sua culpa e irá para a forca! Brian e eu ficaremos para cumprir a execução!

Nisso, o Lobo já estava falando sozinho. O Gato sumira na multidão e quando Raposo terminou de confessar seus crimes, que eram escandalosos, a multidão estava pasma! Afinal, haviam descoberto que fim levara a linguiça ou o presunto que desaparecera das prateleiras de suas casas. Outros, ficaram sabendo que fim havia tido seus parentes. Era um sem-fim de maldades, em que ninguém conseguia acreditar. Todos estavam paralisados pela confissão de tantos crimes cometidos por Mestre Raposo, que, com voz baixa, os olhos marejados de falsas lágrimas e fingindo arrependimento, concluiu:

— E teria roubado e matado mais, confesso vergonhosamente, se não possuísse o grande tesouro que me permite viver com certa fartura e sem maiores apertos!

César, ao ouvir a palavra *tesouro*, deu um pulo do trono. Como era obcecado por grandes riquezas, perguntou, ávido:

— A que tesouro Mestre Raposo se refere? Do que está falando? Onde conseguiu essa preciosidade? Ordeno que me fale!

Raposo, deixando escapar um imperceptível sorriso pelo canto da boca, respondeu:

— Majestade, é uma quantidade incalculável! Ouro e pedras preciosas o suficiente para encher seus salões! Mas somente lhe contarei detalhes em segredo, pois isso interessa somente à Vossa Majestade. Até porque, devo lembrar a todos, quanto aos tesouros encontrados nas terras deste reino, segundo nossas leis, o proprietário só pode deixar exclusivamente para o Grande César.

De olhos arregalados de cobiça, o rei gritou, sem se importar com a opinião da multidão e dos acusadores:

— Libertem Mestre Raposo imediatamente!

Livre, o malandro foi conduzido até os aposentos do rei. Quando se viu a sós com o rei e a rainha, disse:

— Mesmo sabendo que terei de acusar meu pai e meu amigo Patascurtas, estou disposto, em nome da verdade, a lhes contar que correu grande perigo, pois esses dois infiéis súditos, em complô com Caetano e Inocêncio, planejavam matá-lo e colocar a coroa na cabeça de Brian. E, como meu pai havia descoberto um enorme tesouro dentro de suas terras, seria fácil pagar um grande exército e tomar seus muros, executando todos que se opusessem a eles. Tudo iria caminhar assim, mas por sorte ou aviso divino, descobri esse nefasto plano e, pelo meu pai, eu jamais tomaria conhecimento, já que ele sabia da minha devoção por Vossa Majestade. Porém, correndo grande perigo, segui a passos sorrateiros, ora meu pai, ora seus comparsas, o que me custaria a vida se fosse necessário. Em uma dessas perseguições, vi certa tarde meu pai entrar num buraco e, ao sair, tapá-lo com muito cuidado – mestre Raposo fez um ar melodramático, depois ergueu as sobrancelhas em suspense, e só então prosseguiu: – Eu esperei que ele partisse e, depois de me certificar de que não havia guardas, entrei no buraco – sua expressão agora era radiante. – Majestade, o que vi lá dentro não se pode descrever: parecia dia, mas sem a luz do sol, tamanho era o brilho daqueles preciosos tesouros. Naquela mesma tarde, comecei a mudar todo aquele tesouro de lugar. Passei a noite fazendo esse trabalho, levando aquelas preciosidades para um esconderijo que somente eu conheço. Dessa forma, sem dinheiro, os mercenários soldados se recusaram a invadir seu Palácio e o plano de derrubá-lo do trono falhou. Quanto ao meu pai, desapareceu; uns dizem que morreu, já outros contam que enlouqueceu, mas nunca mais foi visto. Já Pataslargas, pobre súdito, só participou desse complô obrigado, já que sua família sofreu as mais terríveis ameaças por parte daqueles traidores. Isso é tudo, Nobre César! É assim que minha fidelidade à Vossa Majestade será paga, com a forca, enquanto os verdadeiros inimigos do rei estão lá fora, a escarnecer de minha triste sina! Sabem no fundo que, se eu for enforcado, silenciará uma prova viva, que sabe de seus planos para desestabilizar este reino. Eis a recompensa daqueles traidores do reino, minha morte!

Ao terminar a extraordinária narrativa, digna dos mais inventivos contadores de histórias, Raposo não hesitou em nenhum momento em acusar falsamente nem mesmo seu único amigo, e mais, seu próprio pai, para livrar-se da forca. Quanto ao Leão, caindo no truque do malandro e cego de cobiça, disse:

— Mestre Raposo, jamais duvidei de sua lealdade em relação à minha pessoa. E mais, quem é que nunca aprontou das suas, não é mesmo? Pelo poder que possuo, lhe concedo a liberdade, nobre escudeiro deste reino!

O Ruivo, ao se ajoelhar e tocar o rosto no chão, sorria sarcástico, sem que o rei notasse e já adivinhando o motivo do tal perdão. Se não fosse por sua história mirabolante, a essa hora estaria balançando na forca como um pêndulo.

— Vossa Majestade é digna de glória – falou, com ar de humilde. – Dignidade não se paga com tesouro nenhum nesta Terra, mas se não for ofender sua honra, permita-me que lhe presenteie com todo o tesouro que oculto na caverna. Estou certo de que, em seu poder, esse tesouro terá melhor serventia do que no meu esconderijo, ou mesmo nas mãos daqueles traidores que lhe bajulam, mas somente querem seu lugar.

O rei, já não se contendo de alegria, perguntou, curioso:

— Fiel Raposo, e onde se encontra o meu tesouro?

— Não muito longe, num grande buraco no Vilarejo do Nada, além das fronteiras do seu reino – o Ruivo respondeu. E completou: – Posso levá-lo até lá, se assim o desejar, Majestade. Só há um pequeno problema: estou muito apreensivo, pois minha amada família, desde que parti de meu Castelo, não tem notícias de como estou, se morri ou se volto para casa. Sendo assim, lhe peço somente que me conceda a glória de voltar ao meu lar e abraçar minha família antes de acompanhá-lo até a toca das riquezas. Juro que retorno o mais breve possível. Seja misericordioso, meu Justo Rei!

O rei pensou, temendo pela segurança de Raposo, ou melhor, pelo seu suposto tesouro, e falou:

— Nobre Raposo, como negar-lhe esse pedido, se a família é tão importante para o meu amigo? Não se atrase mais e parta sem demora. Porém, me preocupa sua segurança e, para o seu orgulho e de sua família, voltará para o seu Castelo como um Grande Senhor, acompanhado de meus nobres súditos, Cornélio, o Carneiro, e Lélio, a Lebre. Quanto a Caetano, Brian e Inocêncio, não o acusarão mais. Apodrecerão nas masmorras deste castelo. Não desejavam tanto morar aqui? Pois bem, lhes darei essa honra!

Tudo aconteceu como Caetano previra. Sem tempo de fugir, o infeliz Lobo e o pobre Urso foram agarrados pelos guardas e jogados na prisão. Caetano, que sabia que aquilo não iria acabar bem e conhecia como ninguém as artes de seu inimigo, desapareceu e nunca mais foi visto por aquelas terras.

Assim, Raposo conseguiu, à custa de sua astúcia, se livrar de seus grandes inimigos e ainda se ver livre, o que era para ele o maior tesouro que poderia existir na vida.

Naquele dia, foi tratado com todas as honrarias: boa comida e cama macia, cheio de mimos e paparicos. Na manhã seguinte, partiu do palácio como grande Senhor, escoltado pelos súditos do rei até a sua toca, O Castelo, deixando o cego rei a esperar pelo tesouro imaginário, tesouro dos tolos...

O DESTINO DE CORNÉLIO

A manhã se abria como um véu de nova vida para Mestre Raposo, que seguia pela iluminada estrada e não se continha de felicidade por poder tocar com suas patas o chão seguro de sua liberdade. Ia assim, acompanhado de Cornélio, o Carneiro, e Lélio, a Lebre, que muito falava, e falava tanto que o vigarista fazia de conta que escutava com interesse os assuntos discutidos pelos companheiros. Na verdade, estava mais interessado em contemplar os floridos e ensolarados campos, além de falar consigo mesmo em pensamentos: "Isto sim é que é vida! Como poderia terminar minha história dependurado em uma corda, para a alegria dos meus estúpidos inimigos? Raposo, desta vez você se superou. Conseguiu se livrar da morte com a história mais absurda do mundo e, mais, ainda fazer com que o grande e estúpido rei, que pensa que é sábio, acreditasse em tudo o que disse."

Com esses pensamentos ocupando sua cabeça, Mestre Raposo caminhava calmamente na companhia da Lebre, que na corte era muito considerado, já que sempre fora um sujeito de hábitos pacíficos e tão prudente que chegava a ser um grande medroso. O

Carneiro, além de não ver maldade em nada, era um completo tolo, mas era alguém em quem o rei depositava grande confiança.

Enquanto caminhava, Ruivo os analisava friamente. Os dois seriam ótimas presas para ele. Teria apenas de aguardar o momento oportuno para atacar e tirar proveito daquela situação. O rei nem imaginava em que condição havia colocado os seus pobres súditos!

Raposo jamais sentira arrependimento de nada, e a desmedida cegueira de cobiça do rei corrupto libertara um grande canalha. Nessa situação, quem é que tinha mais culpa: o libertador ou o libertado?

Os três estavam conversando sobre justiça, quando Lélio falou para o malandro:

— Mestre Raposo, sempre acreditei que não poderia ser este criminoso sem coração como todos o pintavam. Se assim o fosse, nosso Sábio Rei não o teria perdoado!

Cornélio, balançando a cabeça e concordando com o companheiro de corte, colocou a pata no ombro do Ruivo e acrescentou:

— Isso mesmo, Raposo, seria uma grande injustiça mandá-lo para a forca. Seu arrependimento nos mostrou o quanto seu coração é nobre! Continue a agir com bondade, honra e verdade, que sempre terá proteção da Justiça Real.

O velhaco já estava ficando enjoado daquela conversa doce e pensou, enquanto olhava com falsa ternura para os seus companheiros: "Mas que dois patetas! Esta conversa de freira vai lhes custar caro! Eles vão ver onde é que devem ensinar moral e bons costumes".

Nesse momento, Mestre Raposo avistou sua toca, o que encheu seu coração de alegria. Esse sentimento não passou despercebido a Cornélio e Lélio, pois era real e verdadeiro. Mesmo ele, o Mestre dos disfarces, não conseguia conter a emoção que sentia ao chegar à sua casa e encontrar a família. Ao passar pela porta do Castelo, a alegria não podia ser maior. Os abraços e beijos em Ramona, Radagásio e Ranulfo foram incontáveis, pois quando ele saíra havia um grande temor entre eles de nunca mais se verem. A emoção do encontro familiar foi indescritível.

Depois de fazer as apresentações de sua família a Cornélio e Lélio, Mestre Raposo falou:

– Meus companheiros de estrada! Poderiam esperar na sala? Eu já retorno, tenho que tratar de alguns assuntos particulares com minha família antes de voltar à corte.

Ao chegar à cozinha, Raposo contou rapidamente tudo o que acontecera, o que só fez aumentar a admiração que os filhos sentiam pelo pai.

Como a caminhada lhe abrira o apetite, ele perguntou à esposa:

– O que temos para comer? Viajei o dia todo. Estou faminto!

Ramona, com olhar baixo, respondeu:

– Querido esposo, não temos nada. Nossos filhos ainda são demasiados jovens para caçar e o último alimento nós comemos hoje pela manhã!

Raposo, com um maroto sorriso na boca, deu um beijo na testa de sua esposa e falou:

– Então vamos mudar esta situação, meus amados. Hoje teremos carne tenra na mesa, mas preciso que me ajudem. Tenho um bom plano!

Voltou para a sala, onde seus dois companheiros de estrada o esperavam, e falou, fingindo surpresa e grande alegria:

– Lélio, venha até a cozinha! Quando contei sobre sua vida à minha esposa, ela me disse que é um parente distante e quer conversar com você! Cornélio, só vou acompanhar o amigo até a cozinha, uma vez que Ramona nos prepara uma boa refeição, e já volto para lhe fazer companhia.

Abrindo um largo sorriso e sem desconfiar de nada, o inocente Lélio seguiu o calhorda até a cozinha; mas, ao passar a porta de sua sepultura, Raposo a trancou e disse, sorridente:

– Realmente a inteligência não é seu maior forte, não é, tolo Lélio? Quanta inocência, grande tagarela! Para mostrar que tenho muita consideração por você, lhe pergunto: como vai querer ser devorado: assado, ao molho branco ou ao molho vermelho? E mais, olhe que honra, qual vinho me sugere?

O infeliz Lélio ficou paralisado diante dos oito olhos famintos que o olhavam fixamente. Numa última tentativa, pulou de cá, pulou de lá, mas todas as portas estavam bem trancadas. Vendo-se sem esperanças, lhe sobrou gritar por ajuda:

– Cornélio, é uma armadilha! Socorro! Socorro! Socorro!

Infelizmente, o companheiro da Lebre não escutou. Além de a cozinha ser bem distante da sala, Cornélio estava cansado demais da viagem e acabou dormindo ali, sentado, sem nem imaginar o pesadelo que vivia seu pobre companheiro. Porém, o pesadelo acabou-se para o pobre Lélio, que, acuado por quatro bocas sedentas de fome, não conseguiu resistir à força de Raposo e sua família. A história da amável Lebre ganhou um ponto-final! Sem dar tempo, Ramona começou a preparar o jantar, ela que pouco tempo antes caminhava ao lado de Raposo, se desmanchando em elogios ao novo caráter do malandro. Antes de retornar à sala, Raposo falou:

– Um já foi. Agora preciso de mais um bom plano para me livrar do outro tolo sem deixá-lo desconfiar de nada!

Quando o Ruivo pisou na sala, Cornélio o esperava já com certa preocupação. Como havia se entregado ao sono, nem se deu conta de quanto tempo havia se passado. Então, Raposo retornou, sorridente, e, pensando se seria possível que o Carneiro tivesse ouvido os pedidos de socorro da Lebre, falou:

– Ah, meu caro Cornélio! Perdoe-me por tê-lo deixado aqui sozinho. Mas pode imaginar como é o encontro de parentes que há anos não se veem...

O Carneiro, desconfiado e não deixando o traidor concluir a frase, interrompeu:

– Onde está o Lélio? Exijo sua presença, agora!

Raposo, falsamente surpreso, respondeu:

– Por acaso eu o ofendi, amigo Cornélio? Desculpe-me se o fiz esperar! Fique calmo, seu amigo Lélio já retorna, sabe como é a fama de seu amigo, fala pelos cotovelos. Só que encontrou alguém que fala tanto ou mais que ele, minha esposa. Os dois amarraram assuntos sobre suas famílias e, como notei que não parariam tão cedo, achei de bom-tom vir avisá-lo e lhe fazer companhia. Acredite, amigo, eles terão assunto por horas!

Confortado e acreditando nas palavras do fingido, Cornélio disse: – Desculpe-me pela grosseria em seus domínios, nobre Raposo; mas é que, como cochilei, tive a impressão de ouvir gritos de socorro. Mas foi só impressão mesmo!

O Ruivo, fingindo descontentamento com aquelas impressões de Cornélio, que na verdade eram reais, respondeu:

– Não acredito que ainda desconfia de minha índole, depois de tudo o que me viu passar... Você estava lá quando a forca quase abraçou o meu pescoço! O que deve ter ouvido foram as gargalhadas de dois tagarelas que se lembravam de fatos pitorescos da infância e achou que era pedido de socorro. Você mesmo disse que estava cochilando enquanto me esperava, estou errado? – deu um pequeno suspiro e completou: – Mas se quer mesmo, terei o maior prazer de chamá-lo, para acabar com essa desconfiança – fazendo menção de se levantar, foi interrompido por Cornélio, envergonhado pelas acusações ao esperto Ruivo:

– Não, por favor, Mestre Raposo! Esqueça o que eu falei. Não vamos interromper um encontro tão singelo. Além do mais, preciso partir, com ou sem o Lélio. Depois ele me alcança, quando terminar de confraternizar com dona Ramona. Minhas sinceras desculpas pelo ato nada educado de minha parte em desconfiar de você. Sei o que vi no seu julgamento e a tortura pela qual passou, por isso acredito em seu caráter!

Ao ouvir aquilo, o mentiroso pensou: "Já vai tarde, seu insuportável". Sorrindo, ainda ouviu o Carneiro, de pé diante da porta, lhe perguntar:

– Foi maravilhoso caminhar ao seu lado, realmente um dia inesquecível! Como minha responsabilidade é com a corte, me cabe perguntar: deseja que envie alguma mensagem ao nosso rei César?

— Seguramente, desejo sim, confio cegamente em você! Não vejo arauto mais honesto e fiel à coroa do que você, nobre Cornélio! Aguarde-me somente mais um instante, preciso que entregue algo à Vossa Majestade!

Voltou à cozinha, onde sua esposa preparava o jantar e, vendo que a cabeça do infeliz Lélio estava largada em cima da mesa, a enfiou num saco e depois em outro. Pegou uma corda bem grossa e deu vários nós na boca do saco, de maneira que fosse bem difícil de abrir. A mulher e os filhos de Mestre Raposo caíram na risada, pois entenderam na hora qual era o truque dele. Cornélio, que estava esperando na porta, ao ouvir as gargalhadas, imaginou que a conversa entre o amigo e a senhora Romana devia estar muito agradável mesmo.

Não demorou e Mestre Raposo retornou à porta, onde o carneiro o esperava, altivo, pronto para uma nova missão.

Fingindo ar preocupado, o malandro falou:

— Fiel Cornélio, o que tem neste saco pode ser minha glória ou ruína! São documentos ultrassecretos, que prometi mandar para o rei e que coloca em perigo todo o nosso reino, caso sejam perdidos. César os aguarda com ansiedade. Por favor, só os entregue em mãos e diga ao rei que me aconselhou a tomar esta decisão. Falo isso porque quero que você fique muito bem perante à corte. Eu já

tenho o que desejo, que é meu Castelo e minha linda família. Assim, prefiro que você seja recompensado ao ser responsável pela entrega desses documentos secretos. Mas, um conselho, não abra o saco de maneira alguma. Caso você faça isso, iremos nós dois para a forca!

Cornélio, envaidecido pela responsabilidade e não se contendo de expectativa em levar o saco com os documentos ao rei, já antevendo as grandes glórias que receberia, respondeu sincero ao covarde:

– Defenderei esta missão com minha vida, Mestre Raposo! Realmente é um coração amável; quem não o conheceu melhor perdeu a oportunidade de ganhar um presente nesta vida! O rei saberá o quanto é fiel ao reino. Adeus e até logo, meu amigo! Diga ao Lélio que o aguardo na corte. Se ele andar rápido, pode me alcançar ainda no caminho.

O Ruivo, não se aguentando de vontade de rir e feliz com seu truque, pensou, sarcástico: "Ele não vai alcançá-lo, porque ele irá com você, seu bobalhão!". Ao ver o Carneiro tomar a estrada, falou para si mesmo, ansioso por uma refeição:

– Até que enfim este bajulador de rei foi embora! O melhor agora é ir para a mesa e ver se realmente valeu a pena usar de tantos truques para jantar o tolo Lélio!

Na cozinha, enquanto se fartavam da Lebre, que era saborosa e gorda, Raposo contou o que disse ao parvo Cornélio e o que imaginava que iria acontecer quando o rei abrisse aquele saco. Enquanto isso, pela estrada, o inocente Cornélio, de peito estufado e orgulhoso, se sentia o arauto mais importante do mundo por transportar carga tão preciosa! E, enquanto andava, falava para si mesmo, esperando grandes recompensas:

– Seguramente serei coberto de honrarias! O rei me nomeará seu conselheiro oficial, ou quem sabe um duque! E mais, serei coberto de ouro por este ato de coragem e fidelidade!

Se ao menos fosse mais curioso do que tolo, tentaria, nem que fosse para dar uma espiadela, verificar o conteúdo precioso do saco. Mas jamais passaria por sua cabeça fazer isso. Era duplamente estúpido, uma vez por acreditar inocentemente em Raposo e outra pela cega obsessão em promessas tão absurdas e grandiosas para atingir o poder.

Foram horas de caminhada. Quando por fim chegou ao castelo, César, o Leão, ordenou sua presença imediatamente diante de seu trono e, vendo que ele estava sozinho, perguntou:

– Cornélio, por que se apresenta diante de mim sozinho? Onde está o fiel Lélio, que saiu daqui com você?

Um pouco fatigado pela viagem, mas demonstrando tranquilidade, o Carneiro respondeu, após fazer breve reverência:

– Majestade, Lélio decidiu permanecer por mais um dia em companhia de Mestre Raposo, seu fiel súdito e sua família. Ficou maravilhado em encontrar um grau forte de parentesco com a senhora Ramona, esposa do Mestre Raposo.

O rei, ao ver que o Carneiro portava um saco seguro entre seus braços, perguntou:

– E o que traz em seus braços de tão precioso que não soltou por nem um instante desde que entrou neste salão?

Cornélio, entusiasmado e ansioso por aquele momento e já se imaginando coberto de glórias pelo rei, respondeu:

– Grande César, trago-lhe algo tão precioso, que somente lhe vem às mãos por intermédio de meus sábios conselhos! Algo que Mestre Raposo e eu amarramos com muito zelo e, devido à importância, teria de ser entregue por minhas corajosas mãos às suas Reais Mãos! O senhor d'O Castelo não ousou enfrentar os perigos da estrada e, assim, confiou a mim esta missão! Abra, Majestade, e veja com os próprios olhos o que lhe trago!

O rei, ao desamarrar o saco, enfiou sua grande garra no interior do pacote, esperando encontrar algo precioso. Horrorizado, viu que era a cabeça do pobre Lélio, o que o fez cair de costas do trono. A rainha desmaiou no mesmo instante. Os demais membros da corte que ali estavam começaram a gritar, desesperados, sem entender o que estava acontecendo.

O rei, se recompondo do tombo rapidamente, explodiu em fúria e, olhando para o tolo Cornélio, que não compreendia nada, gritou:

– Seu covarde e assassino! Mata seu companheiro de viagem e acusa o pobre Mestre Raposo, que nem aqui está para se defender! Pobre e fiel Lélio, sua morte não passará sem punição ao culpado! Será punido sem direito a defesa, seu vilão! E pensar que eu sempre lhe dediquei tanta consideração!

Cornélio, tremendo e gaguejando, respondeu:

– Ma, ma, mas, se, se, senhor, senhor, na, na, não, fu, fu, fui, e, e, eu... Ju, ju, juro...

O rei, alterado e inflamado, exclamou:

– Mentiroso! Como não foi você? Seu hipócrita! Ouvi de sua boca quando se vangloriou há pouco, me dizendo que aconselhou o Raposo. E mais, que você mesmo verificou e amarrou o saco com precisão! Acredita que diante de você está um tolo, duvida da inteligência de seu rei? Já estou farto de suas mentiras! Guardas! Joguem este miserável na masmorra, e que lá morra sozinho!

Cornélio, desesperado, se atirou aos pés do rei e implorou:

– Majestade, sou inocente, não é justo...

O rei, ainda mais furioso, lhe lançou um olhar frio e cheio de ódio, e falou:

– Além de mentiroso e assassino, ainda me acusa de injusto, eu, O Grande César! Guardas, mudei de ideia, há tempos Inocêncio come somente pão mofado. Vamos mudar o seu cardápio! Jogue este traidor para que Inocêncio o devore. E que fique escrito nos atos reais: por determinação do rei, que todos os Carneiros e suas futuras gerações sejam alimentos dos Lobos, linhagens de Inocêncio... Está dito e palavra de rei não volta atrás!

E foi-se Cornélio, que, tolo ou inocente, acreditou nas ardilosas palavras de Raposo. O malandro dormia tranquilamente em seu lar, imaginando o que teria acontecido com o Carneiro que desejava ser duque...

A GRANDE AMIZADE

Duas semanas após a tragédia ocorrida com Lélio e com o inocente Cornélio, que fora para a morada eterna por arte do Mestre Raposo, era dia de consultas ao rei.

César, o Leão, estava particularmente mal-humorado naquela manhã. Era uma atribuição real que ele não apreciava de maneira alguma. Ele não gostava nada de ficar durante horas ouvindo as reclamações e os queixumes dos moradores. Ah, aquilo não era vida para um rei! Principalmente para ele, que tinha problemas mais urgentes para resolver. Mas como um rei não pode fugir ao seu dever, César sentou-se ao trono e ordenou que abrissem os portões da corte aos queixosos do reino.

Começaram a chegar todo tipo de lamento e pedido ao rei, que, sentado no seu grande trono, ouvia a todos que reclamavam, um a um, de uma fila a perder de vista.

De repente, em meio à multidão, gritos de "deixem-me passar, deixem-me passar" foram ouvidos. Abriu-se um corredor entre os animais e, no meio deles, com uma orelha na mão, surgiu Brancodia, o Coelho, aos prantos. Cheio de dor, falou:

– Senhor, olhe que desgraça! Veja o que me aconteceu! Pode imaginar quem arrancou minha preciosa orelha? Sim, meu Senhor! O Senhor que é sábio há de dizer quem foi o cruel, o mentiroso, o covarde, o infiel, o falso que fez isso comigo. E todos que estão aqui também podem! Quem fez isso foi o mortal covarde de falsas palavras doces e coração cruel, Mestre Raposo, Majestade! Essa crueldade aconteceu comigo quando passei pela porta d'O Castelo. Só de vê-lo, já senti calafrios, pois tenho muito medo dele. Como pode ver, meu temor não era infundado. Porém, me recordei de que Vossa Majestade o havia perdoado de todos os crimes e já ia seguindo meu caminho, quando ouvi a voz do Mestre Raposo me pedindo para esperá-lo. Acreditando que ele houvesse mudado, parei – os olhos de Brancodia estavam arregalados. – Ah, que arrependimento, meu Senhor, por essa minha atitude! Como sou educado e imaginando que vinha me dar um abraço, pois ouvi dele mesmo, no dia do julgamento, a confissão de seus crimes e o arrependimento que tomava conta do seu coração, eu esperei por ele. Quando estava a um passo de mim, o facínora deu um bote na minha direção e arrancou minha orelha. Consegui me debater e, com minhas patas, acertar a barriga dele. Ao sentir dor, abriu a boca e deixou minha orelha cair. Em seguida me soltou. Antes de fugir, ainda consegui pegar minha orelha de volta, para lhe trazer a prova do tipo de crueldade que aquele mentiroso é capaz. Meu rei, imploro por justiça, e digo mais, enquanto o Raposo andar livre por estas terras, a paz será impossível neste reino.

Os animais que ouviram o discurso de Brancodia ficaram tomados de ira e, aos brados, gritaram:

– Justiça, César, justiça contra o grande inimigo da paz!

César, com as mãos no queixo, pensou: "Ah, infeliz Raposo, o que lhe salva é o tesouro que me prometeu! Será que ousaria me enganar também? Não, não creio que faria isso com seu rei... Mas também preciso ser inteligente e tenho de agradar o meu povo, ou acabarei perdendo meu prestígio e respeito. Então, pelo menos um castigo terei de impor ao Raposo". Ao terminar essas reflexões, rugiu forte, fazendo com que todos se calassem.

Chamou o grande general Flecha, o Leopardo:

– General, reúna seus melhores soldados e, amanhã, ao nascer do sol, siga até a toca, prenda Raposo e o traga até mim. Se ele resistir, tem minha ordem para executá-lo sem a menor pena! Contudo, vivo me será mais valioso, pois eu quero vê-lo enforcado diante dos meus olhos! Desta vez não haverá julgamento. Sua morte será nosso consolo!

No entanto, atento e no meio da multidão, Patascurtas, a Doninha, ouviu toda aquela conversa e, mesmo sabendo que o Raposo era um grande hipócrita e quase lhe colocou em maus lençóis com o rei o acusando de traição, ainda nutria por ele uma inexplicável amizade e consideração. Sem ser notado, saiu sorrateiramente e correu com quantas pernas tinha para chegar ao Castelo. Socou a porta o mais forte que pôde. Não demorou e o malandro sorridente recebeu Patascurtas, que foi logo lhe falando, muito sério:

– Se eu fosse você, infiel amigo, iria derrubando esse sorriso mole do rosto! Saiba que amanhã, ao nascer do sol, o general Flecha, em companhia de seus melhores soldados, sairá em marcha a caminho de seu Castelo, sob a ordem de César! E adivinhe? Vem para prendê-lo e levá-lo para a corte. Morto, se preciso – Patascurtas completou. – Mas não pense que melhora sua situação se for levado vivo... Ao chegar lá, será enforcado imediatamente, sem direito a julgamento! Deve fugir agora, e para muito longe!

Ao ouvirem aquela notícia, Ramona e os dois filhos já estavam prestes a chorar, quando Raposo, sereno, parecendo que a desgraça não era com ele, falou:

– Fiquem calmos, meus amados! Saibam que não sou tão fácil assim de ser encontrado. Quando quero, nem meus olhos me encontram! Não creio que, fugindo, terei melhor sorte. O rei tem muitos espiões. E mais, muitos deles são meus inimigos, que me entregariam numa bandeja a César!

Ao ouvir aquilo, Patascurtas lhe perguntou:

– Então me diga, como vai salvar sua pele desta vez?

Raposo, com aquele brilho sorridente nos olhos, respondeu:

– Meu amigo, irei para a corte e me apresentarei ao rei de boa vontade, assim poderei me defender das acusações! Sei que terei boas ideias pelo caminho e saberei usá-las para me livrar de mais esta situação! Patascurtas, preciso chegar à corte antes que os soldados saiam pelos portões – olhou para o amigo e falou: – No caminho, quero que você me conte tudo o que aconteceu enquanto ainda estava na corte!

Sem mais demora, abraçou a esposa e os filhos, e mais uma vez, os tranquilizou:

– Queridos, lembrem-se que já saí de situações muito piores do que esta. Não se esqueçam: nós, Raposas, sempre arrumamos um jeito para tudo! – olhando para fora, completou: – Precisamos ir, Patascurtas, enquanto é noite e podemos passar despercebidos.

Assim, os dois pegaram o rumo da corte. Enquanto caminhavam, a Doninha narrou detalhes do que vira e ouvira. Já era madrugada quando chegaram às portas do palácio e deram de cara com Flecha, que já se preparava para partir. O general, ao ver ali diante dele quem ele deveria buscar, o agarrou e o conduziu até a presença de César.

– Ah, mas que grata surpresa! – o rei falou, ao avistá-lo. – Poupou-me grandes despesas em enviar meus soldados para trazê-lo

diante desta corte e vê-lo enforcado, seu traidor! Hoje pagará pelos crimes cometidos contra os direitos dos animais neste reino! Está preparado para enfrentar seu destino, Mestre Raposo?

    O descarado acusado, demonstrando tranquilidade mesmo diante do perigo que corria, respondeu:

    – Grande César, como pode eu, que na última vez em que estive nesta corte, confessei meus crimes e jurei não tornar a praticá-los, retornar a esta Nobre Casa se tivesse alguma culpa sobre novos crimes ocorridos? De que me acusam agora? De que fui responsável pela última tempestade que houve e vitimou alguns animais de seu reino ou pela falta de estrelas no céu em dias nublados? Sou inocente e estou aqui de coração aberto. Sei que sua infinita bondade me dará a chance de me defender, afinal, é o Grande e Sábio César, que governa estas terras com justiça!

Ao ouvir os argumentos do Ruivo, rugiu César:

    – Tragam-me Brancodia, agora!

O Coelho, entrando vagarosamente, já com a orelha costurada na cabeça e demonstrando dor, entrou acompanhado de um guarda. A multidão, compadecida e simpatizada pela sua causa, que já soubera da chegada de Mestre Raposo à corte e havia invadido o palácio, olhava para o Ruivo com um ódio extremo.

César perguntou, indignado, para o malandro, que no seu silêncio maquinava uma arte para livrar-se daquela clara evidência que o empurrava para a morte:

    – Pois bem, desprezível Raposo! Poderia me explicar como a orelha de um coelho saiu da cabeça dele? Seja rápido, pois ainda antes de meu almoço quero vê-lo dependurado na forca!

O Ruivo, sereno, respondeu, fingindo-se inocente:

    – Digníssima Majestade César, Brancodia mente. Não deveria crer nas suaves palavras dele, pois não tem motivos reais para me acusar. Saiba, meu Nobre Senhor, que realmente este mentiroso passou diante de minha casa e, quando fui ao seu encontro, o abracei com grande afeição e respeito. Nisso, me perguntou se

não poderia lhe dar de comer, já que tinha longa viagem pela frente, e também gostaria de descansar suas patas. Como sou excelente anfitrião, o recebi com zelo, pois, todos sabem, as portas de meu humilde Castelo estão sempre abertas aos irmãos de minha pátria!

Enquanto falava, Mestre Raposo observava a expressão do rei. Sabia que César começava a duvidar das palavras do coelho, pois deixara de batucar a pata no chão.

– Eu o conduzi à mesa e pessoalmente o servi – continuou. – Nisso, entrou meu filho caçula, Radagásio, e o senhor sabe como são as crianças. Na ânsia de dar um abraço no convidado, sem querer deixou uma de suas patas escorregar no prato do nosso convidado. E o que aconteceu? Brancodia, sem piedade e não entendendo a situação, lhe deu uma bofetada tão grande, que arrancou pelos da face do menino, que abriu o berreiro. Ranulfo, meu filho mais velho, acreditando que o hóspede atacava seu irmão e agindo por puro zelo e defesa daquele que ama, atacou o Coelho, arrancando-lhe uma orelha! – Raposo olhou de canto de olho e viu que Brancodia tremia de raiva. Prosseguiu, com a maior cara de pau: – Foi tudo muito rápido. Eu havia me virado para lavar umas cenouras para meu hóspede, pois sei que ele aprecia a iguaria, e quando olhei, o desastre já estava feito. Gritei com meus filhos, os obriguei a pedir desculpas, mesmo sabendo que isso não devolveria a orelha de

Brancodia à sua cabeça. Sem perder tempo, minha esposa e eu fizemos os primeiros socorros, para que diminuísse sua dor. Depois disso, o deixei dormir confortavelmente na minha cama. Ao levantar, o alimentei novamente, até lhe dei umas folhas anestesiantes para comer. Quando partiu, me jurou que não havia ficado nenhum ressentimento, dizendo que perdoara meus filhos, que ainda eram duas crianças e não sabiam o que faziam – encheu o peito de ar para dizer: – Hoje vejo que foi um falso, pois não podendo acusar as duas inocentes crianças, arquitetou esse plano de colocar a culpa em minhas costas. Majestade, este mal-agradecido sabe que meu passado me condena e buscou vingar-se de minha família, já que, me enforcando, enforcará em tristeza minha esposa e principalmente meus dois filhos, de quem agora, creio, possui ódio mortal.

Aquela história deixou o rei e os demais presentes confusos, já que as palavras de Raposo eram por demais tocantes e pareciam reais. O rei, depois de breve reflexão, perguntou ao Mestre da narrativa:

– Raposo, como pode provar que sua história é verdadeira?

O Ruivo respondeu prontamente:

– Meu Incomparável rei, minha língua é minha verdade e minha real prova! Mas, pergunto, quais as testemunhas e provas que Brancodia tem para me acusar tão injustamente? Se ele tiver as provas reais, eu mesmo coloco a corda em meu pescoço!

César olhou para o Coelho e perguntou:

– Brancodia, existe mais alguma prova que possa confirmar suas acusações a Mestre Raposo?

O Coelho abaixou a única orelha que podia, pois a outra estava paralisada com os muitos curativos:

– Não, meu Nobre rei, a não ser a minha palavra e minha orelha, que está ferida! Uma pena que minha pobre orelha não fale. Se assim fosse, perguntaria como pode minhas palavras, de um fiel súdito, serem menos valiosas que as desse criminoso, que possui um terrível passado, muitas vezes comprovado, mas que continua livre por esses campos a cometer crimes!

Raposo, para não admitir novas manifestações em favor do Coelho e que pudessem influenciar a decisão de César, respondeu, sem respiro:

— Isso realmente chama-se preconceito, Onipotente rei! Por que eu, que confessei meus crimes do passado e levo uma vida honesta, devo ser julgado por crimes que não cometi? Como poderia eu continuar a viver em paz com minha família neste reino, já que todos os males desta terra são creditados a mim? Pergunto-lhe, Onisciente César, serei julgado pelo meu passado ou por esse crime que nem cometi, pela falsa língua de um acusador que nem provas tem? Ficaremos aqui dias, meses, anos a discutir quem é inocente ou culpado, já que nem eu, na minha verdade, nem Brancodia, na sua mentira, possuímos provas!

Ao ouvir aquela defesa brilhante de Raposo, Brancodia percebeu que sua causa não iria dar em nada e que o rei ainda poderia acusá-lo de falso testemunho. Então, soltou um grito desesperado de indignação e saiu em disparada pelo meio da multidão, desaparecendo sem deixar rastros. Raposo, diante daquilo, sorriu e falou vitorioso:

— Meu Poderoso rei, é necessário eu dizer mais alguma coisa em minha defesa? A fuga de Brancodia só reforça minha inocência!

O Leão já estava convencido da inocência de Raposo, o que foi reforçado pela fuga do Coelho, mas ainda tinha certas dúvidas sobre a morte de Lélio.

— Poderia me falar o que sabe sobre a morte de Lélio, a Lebre, a quem tínhamos grande estima?

Raposo, fingindo espanto e esforçando-se para que uma gota de lágrima caísse dos seus olhos, respondeu:

— Não acredito no que está me dizendo, Majestade! Meu grande amigo Lélio morreu? É isso mesmo? Quando foi e o que houve? Não acredito, que perda irreparável! Perdoe-me minha fraqueza e lágrimas neste momento, pois não quero acreditar que isso seja verdade!

César, que não via muito além de seu focinho, e a multidão se emocionaram com a comovente cena do falso Raposo. Depois de contar a ele a história de Cornélio e da cabeça no saco, falou:

— Mestre Raposo, entendemos sua dor, mas pode imaginar a nossa? Tivemos de enterrar apenas a cabeça de meu fiel conselheiro! O luto foi grande!

Raposo, genial, respondeu:

— Agora entendo tudo! Pobre Lélio, morreu porque carregava algo muito precioso para seu Rei. Eu mesmo arrumei aquele saco que vinha cheio de joias e pedras preciosas de toda espécie! Além disso, um espelho mágico que tinha o poder de rejuvenescer quem o olhasse na velhice — mexeu as orelhas, em sinal de preocupação e continuou: — Mas não foi só isso! Tinha também um anel que, se colocado no dedo, lhe daria a imortalidade. Morreu pelas garras do infiel Cornélio, que parecia ser tão confiável. Tenho certeza de que o matou em nome da avareza e da cobiça, pois Cornélio conhecia o conteúdo do saco — com expressão de grande sofrimento, falou: — Sinto profundamente a morte de Lélio!

A fala do cínico Mestre Raposo deixou o rei enfurecido. Deu um rugido tão forte, mas tão forte, que pareceu estremecer o chão em que pisava. César lamentava, agora, não a morte da pobre Lebre, mas sim a perda do tesouro.

— Suas palavras, fiel Raposo, somente confirmam que o traiçoeiro Cornélio foi infiel a todos! Ainda bem que tomei a decisão correta de jogá-lo nas garras de Inocêncio! Mas se somente trouxe a cabeça de Lélio naquele saco, onde poderia ter escondido o meu tesouro? — o rei perguntou.

O astuto Raposo, vendo a oportunidade de se ver livre daquele lugar e das mudanças de humor do rei, respondeu:

— César, já lhe demonstrei que sou fiel às suas ordens e obedeço cegamente às suas leis. Por esse motivo, lhe peço que me permita voltar ao meu lar e para minha família! Se ordenar, saio daqui imediatamente no único propósito de ir a cada canto deste reino e procurar seu precioso tesouro! Doarei minha vida a procurá-lo com devoção, pois desejo ardentemente que essas preciosas joias estejam em suas sábias mãos!

Convencido de que tudo o que Raposo havia narrado era verdade, o rei o teria libertado o mais rápido possível, para que retornasse com seu tesouro. Mas como temia a revolta de seu povo caso o libertasse, falou:

— Raposo, refletirei sobre isso, mas não aqui. Vou aos meus aposentos e retorno com uma resposta em breve. Não mova uma pata deste salão!

Mal o rei se retirou, Patascurtas, que estava no meio da multidão, puxou o malandro de canto e perguntou:

— Realmente você se superou, primo! Mas, me diga, esse tesouro existe mesmo? Poderíamos procurá-lo juntos e dividirmos meio a meio!

Raposo sorriu da inocência do amigo e falou baixinho:

— Nem parece meu amigo, não seja tolo! Existe somente o tesouro dos tolos, não acredito que deu crédito a essa lorota toda!

Patascurtas sorriu, admirado com a sagacidade de Raposo.

— Olha, enquanto o rei o estava interrogando, pedi a Mera, a Macaca, que é amiga da rainha e a quem o rei ouve muito os conselhos, defender você. Ela é muito inteligente e saberá arrumar estratégias para libertá-lo. Fique tranquilo.

Mestre Raposo deu um abraço em Patascurtas e disse:

— Meu amigo, realmente foi uma sorte encontrá-lo!

Enquanto isso, nos aposentos do rei, Mera falava para César em defesa do malandro:

— Grande César, até sua Senhora, a rainha, já concordou em libertar o Mestre Raposo, que sempre lhe foi fiel e já lhe deu vários conselhos para a prosperidade do reino e para aumentar seu prestígio diante do povo. É só lembrar-se do caso da disputa entre Liso, a grande Serpente, e Robusto, o Cavalo. Nem mesmo sua sabedoria achou meios de resolver a difícil questão. Se não fossem os prudentes conselhos de Mestre Raposo, meu nobre rei teria ficado em difícil situação!

— Mera, refresque minha mente, não me lembro dessa história!

— Pois bem, Majestade, lá se vão sete anos desde que tudo aconteceu. Numa manhã, Liso vinha pelo campo, quando ficou preso numa armadilha. Um laço lhe enforcou o pescoço e mais um pouco morreria, pois, a cada esforço para se livrar da corda, mais o laço se apertava. Foi quando Robusto, o Cavalo, apareceu caminhando perto de onde ele estava e, quase já sem ar nem voz, Liso pediu a ele que o tirasse daquela armadilha. Prometeu que se o Cavalo fizesse aquele grande favor, jamais o atacaria. Robusto o libertou e, enquanto caminhavam juntos, a Serpente somente esperava o momento oportuno para devorá-lo, pois estava faminta. Robusto notou as intenções e o relembrou de seu juramento. "Vou devorá-lo, porque essa é a lei da natureza", Liso respondeu a ele. A Serpente e o Cavalo vinham nessa peleja de devora-não-devora, quando encontraram Tempestade, o Corvo, considerado o bicho mais ponderado do reino. Depois de ouvir as duas partes, respondeu. – Honestamente, não acredito em juramento e penso que Liso tem todo o direito de devorá-lo para não morrer de fome!

Quando a Serpente se preparava para se enrolar no Cavalo, este falou: "Não admito que uma ave decida meu destino!". Quando acabou de dizer essas palavras, viu Inocêncio, o Lobo, e Brian, o Urso, e pediu a opinião deles. E, como o ponto de vista deles não foi diferente do que o Corvo disse, o Cavalo e a Serpente vieram até o Senhor Rei e explicaram a situação.

O Leão, que até aquele momento só ficara prestando atenção no que Mera falava, sussurrou, de modo quase inaudível:

– É verdade, estou me lembrando disso. Cheguei à conclusão de que estávamos mesmo em um impasse. Liso havia dado a sua palavra de que não devoraria Robusto, se eu o libertasse. Mas, pensando no que ele expôs para mim, se ele não se alimentasse, morreria de fome. E que fim teria sua espécie? Seria extinta. Foi essa minha preocupação! Por isso chamei Mestre Raposo, pois sempre o considerei muito inteligente e sensato. Na verdade, uma mente brilhante!

A Macaca concordou com um balançar de cabeça e continuou:

– Sim, Majestade. Com esse impasse, o Senhor chamou Mestre Raposo e, depois de colocá-lo a par da situação e de ouvir as duas partes, ele, sábio, disse: "Façamos o seguinte: coloquemos Liso novamente na armadilha em que se encontrava à beira da morte e deixemos que Robusto escolha libertá-lo ou não, já que a Serpente mostrou-se ingrata com o seu salvador! Assim, Robusto tem o direito de escolha, e talvez Liso, caso não morra, repense seus conceitos sobre promessas e juramentos".

Ao terminar de ouvir a brilhante narrativa de Mera em defesa de Raposo, o rei seguiu em silêncio para o salão e, sentando-se no trono, falou para o Mestre Raposo, que estava muito inquieto:

– Eu, na condição de soberano deste reino, perdoo Mestre Raposo de seus antigos crimes. Assim está dito e, caso alguém conteste minha decisão, ofenderá esta Casa de Justiça. Ao ofendê-la, ofenderão Vosso Rei!

Enquanto Raposo e Patascurtas faziam festa, os inimigos do trapaceiro bufavam de raiva. Mas, diante do rei, nenhuma voz se levantou, pois a corda poderia pular para seu pescoço.

Antes de o Ruivo partir, César olhou para ele fixamente e, sem se esquecer de seu tesouro – e quem sabe essa não tenha sido a moeda que mais tenha pesado na balança que pendia para a liberdade do Raposo – falou:

– Lembre-se de seu juramento! Espero que encontre o meu tesouro o mais rapidamente possível e o traga a mim!

Ardiloso, o Ruivo respondeu:

– Grande César, como me esquecer de tal promessa? Verá, em breve, sentado de seu trono, eu retornar pelos portões de seu palácio trazendo o seu tesouro! Aguarde, meu Senhor, adeus e vida longa à Vossa Majestade...

Ao sair pelos portões do palácio, seguiu depressa pelos caminhos que o conduziam até sua toca, O Castelo. Ali, após abraços, beijos, carinhos e mesa farta para encher a barriga, contou à família suas estratégias para se livrar da forca, da sorte de ter Patascurtas como verdadeiro amigo, e do rei, que aguardava sentado no seu trono o tesouro que ele lhe prometera.

O NARIZ DO CAÇADOR

A vida de Raposo, depois de quase ter morrido na forca por seus crimes, estava um mar de iguarias. Agora ele era ainda mais temido pelos inimigos. E o que podiam fazer esses inimigos com o Mestre golpista? Nada, pois ele tinha a proteção do rei. Não porque acreditasse totalmente em sua inocência, mas porque nutria esperança de vê-lo retornar com seus tesouros.

César estava tão obcecado pelo tesouro, que nem se abalava com as queixas dos animais sobre o esperto Raposo. Já o malandro não mudara seus hábitos, invadindo um galinheiro aqui, trapaceando ali; porém, mais cauteloso e sem fazer alarde para não ter de retornar à corte, ideia que não lhe agradava de maneira alguma. Também passava os dias a ensinar seus truques e suas pérfidas lições aos filhos, que a cada dia o admiravam mais e mais. Certa noite, quando estavam reunidos à mesa de jantar, Ranulfo falou:

– Sabe, pai, estou pensando aqui... Ontem o senhor não nos contou uma história, como nos prometeu! E hoje, vai nos contar uma bem engraçada?

Raposo, sorrindo, pensou por um instante, fazendo ar de mistério, e depois respondeu:

– Está bem, mas que tipo história desejam ouvir hoje: aventuras com Inocêncio, Brian ou Caetano? A escolha é de vocês...

– Inocêncio, Inocêncio, Inocêncio! Ele nos diverte demais com suas tolices e trapalhadas! – os filhos responderam em coro.

O velhaco, só de se lembrar do pobre Lobo, perguntou, rindo:

– Que tal a vez que o tolo pescou peixes com a cauda no gelo? Essa é realmente inesquecível!

Radagásio respondeu:

– Ah, essa o senhor já nos contou várias vezes. Conte outra que não conhecemos!

– E a vez que ficou preso no poço dos monges?

– Nãoooo, pai... Essa também já sabemos de cor e salteado, pense numa outra! Sabemos que o senhor guarda, na sua astuta cabeça há alguma história inédita!

Raposo, rindo da esperteza dos filhos, o que muito o orgulhava, pensou, pensou e, por fim, disse:

– Seguramente a que vou contar agora vocês não sabem! Não me lembro de tê-la narrado a vocês! Há uma aventura de Inocêncio e o Jumento, divertidíssima!

Ao terminarem o jantar, Raposo conduziu a esposa e os filhos até a sala e, diante da lareira, começou:

– Certa vez, vínhamos Inocêncio e eu, famintos, pelos campos. Como a fome às vezes nos unia, saíamos juntos para caçar, para ver se tínhamos mais sorte. Claro que nós dois sabíamos que nossa amizade durava até enchermos a barriga e, se caso aparecesse uma presa, ficava com o mais esperto. De repente, vimos uma jumenta e seu filhote, pastando sem nenhuma preocupação. O Lobo, lambendo os beiços, me falou, gentilmente: "Raposo, poderíamos fazer um banquete com aquele filhote! Caro amigo, faça-me uma gentileza: vá até a Jumenta e lhe pergunte por qual preço nos venderia seu filhote?". Eu, sem me preocupar com perigo algum, já que era muito pequeno para assustar um animal maior do que eu, concordei e me aproximei da Jumenta. Perguntei a ela, com voz bastante amável: "Belo dia, senhora! Poderia me dizer qual é o valor que valeria seu filhote? Meu amigo, o Lobo, manda-me perguntar, tem interesse em comprá-lo".

Ramona e os filhos prenderam a respiração, curiosos de saber o que aconteceria em seguida.

Mestre Raposo continuou:

– Ela me disse que o valor estava na sua pata traseira esquerda, no casco, e pediu que eu olhasse o valor. Eu, claro, senti certa ironia na forma como a Jumenta falou, apesar de suas palavras açucaradas. Então, agradeci e voltei para onde estava o Lobo, que me esperava, ansioso. Mal me viu, foi logo perguntando: "Raposo, ande, diga, qual o valor que ela pede pelo seu suculento filhote?". Aproveitei-me da tola inocência e gulodice do Lobo e respondi: "Inocêncio, perguntei a ela se queria vender o filhote. Ela me disse que sim, que o valor estava escrito na sua pata esquerda e pediu para eu ver! Como sou cego para as letras, essa é uma missão para você, que é um Mestre e poderá ler qual o valor de nossa iguaria. A Jumenta o aguarda para fechar a venda do filhote". Inocêncio, orgulhoso e tolo, acreditou que eu não soubesse ler e, sem demora, virou as costas e caminhou em direção à Jumenta, com ar soberano. Eu o segui a certa distância. Quando cheguei a um lugar que me possibilitava ver tudo com segurança, parei e fiquei esperando os acontecimentos. Inocêncio, sorridente, foi em direção à pata traseira esquerda da Jumenta, que o acompanhava com o olhar. Quando o Lobo se abaixou para ler o que estava escrito no casco da Jumenta, ela deu um coice tão grande na testa dele, que o jogou longe, desmaiado.

Ali, diante da lareira, abrigados na toca, os quatro riram a valer. Mestre Raposo prosseguiu:

– Eu quase morri de rir. Meu plano deu certinho! Quando consegui me recompor, me aproximei do Lobo, fingindo estar preocupado. Ele gemia de dor. Sentou-se, colocou a mão na cabeça e me disse, furioso: "Você armou isso para mim, não é mesmo?".

Mestre Raposo deu uma gostosa gargalhada, no que foi seguido pelos filhos e pela esposa.

— Neguei, claro. Disse que somente havia pensado que, como ele era mais sábio, poderia resolver aquela situação sem maiores problemas. Bastaram algumas palavras bajuladoras para o Inocêncio acreditar em mim e voltar a ser meu amigo! Por isso, lhes digo, meus filhos, cuidado com os bajuladores, sejam prudentes. Nós, as raposas, somos temidas e admiradas há séculos pelas nossas engenhosas qualidades, por nossa prudência, pelas ardilosas palavras. São essas qualidades que nos salvam e nos enchem a barriga. E disso devemos nos orgulhar, pois foi a astúcia que nos rendeu toda essa fama.

Assim, com uma boa história e bons conselhos, a família dormiu uma noite de sono tranquila. Na manhã seguinte, Raposo foi o primeiro a acordar. Levantou-se entusiasmado, sem fazer barulho para não atrapalhar o sono dos filhos e da esposa, e tomou a estrada para ver que sorte aquele dia lhe reservava. Andou e andou até quase chegar à divisa do reino, quando viu ao longe um grande castelo com majestosas torres, cercado por um profundo fosso que o abraçava, impedindo que intrusos entrassem ali. A única maneira de adentrar no castelo era pelas suas pontes levadiças, que desciam para os que fossem bem-vindos e subia para os indesejáveis naqueles domínios.

O senhor daquele lugar era um orgulhoso Caçador, que se gabava de jamais voltar de suas caçadas na floresta sem uma caça, e isso em certa parte era verdade. Suas caçadas eram suntuosas, com cavalos bem ornados, pajens e cortesãos, que munidos de armas saíam em grande festa para a floresta. Toda semana era a mesma festa, mas à medida que ele voltava de suas caçadas com grandes quantidades de animais, estes iam diminuindo naquela região. Nenhum animal escapava de sua lança, fosse um pequeno coelho ou um grande lobo. Quando entrava no pátio com as caças, batia no peito e falava, orgulhoso:

– Vejam, existe mais hábil caçador do que Vosso Senhor? Haverá fera que escape à minha lança?

Os bajuladores aplaudiam, e ele ficava mais e mais lisonjeado a cada dia.

Naquela manhã, Mestre Raposo viu o Caçador partir com seus escudeiros e mais alguns nobres, além de uma matilha enorme de cães, para mais um dia de caça. Nem bem os caçadores chegaram à divisa da floresta, os cachorros perceberam a presença de Raposo. Os latidos alertaram os caçadores, que se puseram no encalço do malandro. Mas, em vez de sumir pelos labirintos da floresta, ele mudou de direção e passou como um raio pela ponte levadiça. Entrou no castelo e desapareceu no seu interior.

O Caçador, com os demais perseguidores, entrou atrás dele e gritou, vitorioso:

– Pegamos essa estúpida raposa! Ela é nossa, vamos arrancar a pele dessa infeliz!

Depois de muito procurar, não acharam nem sinal de Raposo. O orgulhoso Caçador, conformado, falou, fingindo dar pouca importância ao fato:

– Bela brincadeira, não foi? Deixa para lá! A raposa ainda cairá hoje mesmo em nossas mãos. Vamos para a mesa, que essa procura abriu meu apetite.

O senhor e seus nobres foram banquetear-se de saborosas caças assadas e cozidas, iguarias saborosas e bons vinhos.

Conversaram, riram e se esqueceram da frustrante caça. Mas... onde estaria Mestre Raposo? Pois bem, havia um pequeno buraco no chão do pátio, muito discreto e a que ninguém dava importância, onde o malandro gargalhava à custa de seus tolos perseguidores. Quando sentiu que estava seguro novamente e ninguém o procurava, colocou o focinho para fora do buraco, com a mesma tranquilidade de quando estava em sua toca. O prazeroso cheiro da comida que vinha da sala onde os caçadores faziam sua refeição atraiu sua atenção. Como estava faminto, entrou sorrateiramente, à maneira das raposas, debaixo da mesa, ficando muito próximo aos pés de seus perseguidores. Sua intenção era agarrar uma das perdizes assadas que estavam numa bela travessa dourada e exalando um cheiro delicioso. Mas, como nada era maior do que sua prudência, esperou pacientemente a melhor hora para abocanhar a ave.

A boa hora não tardou em aparecer, e Raposo, ao notar a distração dos caçadores, deu um alto e rápido salto, atravessando a mesa sob olhos arregalados e incrédulos, que assistiram à raposa que tanto procuraram abocanhar uma perdiz debaixo de seu nariz. Aquilo virou um festival de mãos e corpos a pular sobre a mesa para agarrar Mestre Raposo.

E agarraram? Que nada! Agarraram frustrações em mãos vazias e coléricas, e se levantaram em gritos a perseguir o ousado bandoleiro, que mais uma vez desapareceu, como que por bruxaria.

Os olhos buscaram daqui, buscaram dali e mais uma vez não tiveram sucesso na captura do bandido que lhes ria às suas costas. Eles se perguntavam: "Onde estaria a raposa?". Onde mais podia ser, além de no mesmíssimo buraco, saboreando sua apetitosa presa?

Os caçadores pensaram que dessa vez a raposa havia realmente partido, já que conseguira a presa que desejava. Todos estavam frustrados e vermelhos de raiva, porque não puseram as mãos naquele animal que os fizera de bobos aos olhos de todos no castelo.

Depois daquele dia exaustivo, mal a noite chegou e eles foram para seus aposentos, caindo na cama. Certamente tiveram pesadelos com a raposa, que já imaginavam estar longe dali.

Só imaginaram. Mestre Raposo decidiu passar a noite no buraco em que havia se escondido, na esperança de conseguir outra iguaria.

– Vou ficar mais uma noite. Vamos ver o que consigo amanhã – acomodou-se da melhor maneira que pôde no buraco e riu. – Esses caçadores são tão orgulhosos quanto tolos, e se fizessem a metade do que gritam, já teriam me capturado.

Nem bem falou isso, entregou-se aos sonhos.

Na manhã seguinte, Raposo acordou ao som das cornetas que anunciavam a chegada de mais visitantes. Eram o pai e os irmãos do Senhor daquele castelo, que já os aguardava. O Caçador, sua esposa e alguns nobres foram até a estrada ao encontro dos parentes e, depois de trocarem calorosos abraços de saudade, se prepararam para voltar ao castelo. Mas nem bem viraram os cavalos para retornar ao interior do castelo, quem estava de pé, de orelhas eretas, a encará-los? O próprio Raposo, que sutilmente saiu do buraco e os seguiu para provocá-los.

O sorriso do Caçador se transformou em um incontrolável grito de cólera. Esquecendo-se das boas maneiras e de seus pais, ordenou:

– Miserável... Peguem a raposa, peguem a raposa, seus inúteis! Hoje ela não pode escapar!

Sem mais esperar, saiu em disparada, seguido pelos nobres e pelos guardas que foram no rastro de Raposo. Quando achavam que o animal iria correr para a floresta, se enganaram. O malandro tomou o caminho do castelo e, passando quase invisível pela ponte levadiça, sumiu novamente como apareceu, sem deixar rastro. O Caçador e os outros perseguidores não demoraram a entrar, afobados, no pátio:

– Agora é questão de honra, essa maldita raposa está brincando conosco! Um saco de ouro para quem conseguir achá-la e me entregar sua pele – o Caçador gritou.

O castelo virou um rebuliço de homens, mulheres e crianças, além de animais, todos procurando e revirando todos os cantos do castelo, à procura de Mestre Raposo.

Passaram incontáveis vezes pelo buraco no qual o Ruivo se escondia, mas nem deram importância, pois não acreditavam que uma raposa pudesse passar por aquele buraco tão pequeno. Uma pena, pois se conhecessem as artimanhas de Raposo e se soubessem das suas engenhosidades, olhariam ali primeiro! Depois de horas de busca, mais uma vez nada conseguiram. Todos estavam quase mortos de cansaço, e o senhor do castelo, já conformado, disse:

– Nunca vi coisa igual e vocês são testemunhas de que não é invenção minha nem de ninguém! Essa raposa deve ser uma feiticeira ou bruxa que está querendo brincar ou nos castigar, só pode ser isso! Não vamos mais gastar nossas energias na captura desse nefasto animal. Vamos comemorar a visita de meu pai e meus irmãos, e isso vale mais a pena do que ser chacota de raposa.

Dizendo isso, se dirigiu para a grande mesa da sala de jantar e foi acompanhado por todos. Boa comida, muita alegria e festa, entre gargalhadas e música, Raposo mais uma vez foi esquecido. O salão de jantar era decorado com cabeças empalhadas dos animais abatidos pelo Caçador. Em uma parede, havia só cabeças de raposas, das quais ele tinha muito orgulho.

De repente, os cachorros que comiam as sobras jogadas pelos seus senhores ali, ficaram inquietos. Começaram, então, a latir para a cabeça das raposas penduradas.

– Me diga uma coisa, fiel amigo: que eu me lembre, naquela parede pendurei sete raposas que abati! É isso mesmo? – o Caçador perguntou a seu fiel escudeiro.

– Isso mesmo, meu Senhor, são sete. Eu mesmo o acompanhei nas caçadas! – o homem confirmou.

O Caçador, coçando a cabeça, respondeu:

— Estranho, amigo, eu estou contando oito! Não devo estar bem da vista mesmo!

E, levantando-se devagar, com olhar fixo na parede onde as raposas estavam penduradas, e sob o olhar curioso dos demais presentes, o Caçador foi se aproximando e coçando os olhos. Tinha a impressão de ter visto um de seus troféus se mexer levemente.

Mestre Raposo, com sua astúcia, havia se pendurado ali na parede, quase, quase imóvel, à espera de poder conseguir algo para comer. Quando viu o cruel Senhor se aproximar muito, com seus curiosos olhos, quase lhe tocando, o Ruivo não pensou duas vezes: saltou sobre o rosto do Caçador e deu-lhe uma mordida no nariz. O Senhor, com o susto e olhando Raposo grudado em seu rosto, caiu de costas gritando:

— Raposaaaaaaaaaaaaaaaaaaaaaaaaaaaaaa!!!

Tudo foi muito rápido. Raposo saltou por sobre a mesa, abocanhou um peru e sumiu, passando pela ponte levadiça e tomando o caminho de casa. Ao chegar à sua toca, contou para a mulher e os filhos as aventuras que vivera durante o tempo que ficara longe da toca, fazendo Ranulfo e Ragadásio gargalharem com mais aquela divertida aventura de seu astuto e heroico pai, o seu grande narrador de histórias...

O FIM DE MESTRE RAPOSO

Os dias seguiam sem grandes acontecimentos. Enquanto a dispensa de Raposo tinha fartura, tudo caminhava com tranquilidade. Quando a fome começou a bater na porta da casa da família de Mestre Raposo, ele retomou suas andanças pelos arredores, em busca de alguma presa.

Andava preocupado, pois sua fama já havia corrido todo o reino e os animais estavam sempre muito atentos à sua presença. De repente, ouviu múltiplos e pequenos piados, e, ao olhar para a copa de uma árvore, viu justamente Tico, o Pardal, ave de bons modos e trabalhadora, que retornava ao ninho para trazer comida aos filhotes. Os olhos do assassino brilharam de alegria e ele pensou: "Hoje não posso falhar com meu estômago. Filhote ou não, esses pardais vão me alimentar. Preciso estar forte para procurar caça para minha família". Parou debaixo da árvore e falou amavelmente para o Pardal:

– Amigo Tico! Que belo dia!

– Raposo, que alegria em vê-lo por essas margens!

Tico tratou Raposo com respeito e afabilidade, apesar de saber que diante dele estava o temido caçador de que tanto os animais falavam. O ladrão, o falso, o embusteiro que vivia a ser praguejado por outros animais. Meio receoso, ficou conversando sobre a vida, o tempo, o futuro e muitos outros assuntos com seu visitante. À medida que o tempo foi passando, Tico perdeu o medo do Ruivo, a ponto de lhe perguntar:

— Amigo, não sei que tipo de enfermidade acometeu meus pobres filhos! Por mais que os alimente bem, eles estão ficando magros e sem forças.

Raposo, fingindo apreensão, respondeu:

— Ah, amigo, sinto muito! Já foi ao médico?

— Não, até desejo ir, mas não há médicos nas proximidades. Como meus filhos não voam ainda, é impossível! Estou muito preocupado, mesmo.

Raposo, fingindo alegria, disse:

— Tico, você é um sujeito de sorte e os seus filhos também! Eu sou médico formado e acho que posso ajudá-los.

O Pardal, surpreso com aquela revelação, perguntou, desconfiado:

— Como pode ser isso, Mestre Raposo? Eu não sabia desse seu conhecimento. Há quanto tempo exerce a medicina?

Mestre Raposo, demonstrando contrariedade, respondeu:

— Não entendi por que tal desconfiança, Tico! Sou doutor há anos e, se duvida, vou até O Castelo e pego meu diploma. Mas, sinceramente, isso só atrasará o atendimento aos seus filhos. E se eles piorarem? Pense bem!

O Pardal, desesperado com as palavras de Raposo, falou:

— Será que o estado de meus filhos é assim tão grave? Se minha falecida esposa estivesse aqui, saberia o que fazer!

— Eu precisava avaliar o caso deles, mas, pelo que me falou, infelizmente creio que seja grave, já que no ano passado atendi um caso semelhante com a Senhora Andorinha. Infelizmente, cheguei tarde! Se desejar, lhe presto este serviço, e você pode me pagar quando puder. Mas ande logo, pois cada minuto pode ser essencial para salvá-los! Traga-os aqui para eu examiná-los.

Sem desconfiar do Mestre Raposo, uma vez que a tristeza de ver seus filhos doentes era maior, falou:

– Está bem, doutor, salve meus filhos desse sofrimento!

E, inocente, o infeliz Tico, pegou carinhosamente seu primeiro filho e o entregou nos braços da morte, que sorriu sutilmente. Buscou o segundo filho e, quando não viu o primeiro, gritou, desconfiado:

– O que fez com meu filho?

Mestre Raposo, fingindo-se ofendido, falou:

– Por favor, amigo Tico, pare de gritar. Estou tentando ajudá-lo e você duvida de mim? Por acaso acha que eu teria coragem de devorar seu filho doente?

O Pardal, sentindo-se culpado e envergonhado por ter ofendido quem o estava ajudando, voltou para o ninho, pegou o terceiro filho e o entregou ao Ruivo. E, sem pensar, deu o quarto, o quinto, o sexto, até finalmente entregar ao cruel o último deles.

De repente, Tico sentiu um frio na espinha. Não via, ali perto de Raposo, nenhum de seus filhos. Já prenunciando o pior e não querendo acreditar no que podia ter acontecido com eles, perguntou, trêmulo:

– Raposo, me diga, onde estão meus amados filhinhos? Você os curou realmente?

– Sim, todos estão curados, amigo Tico! – respondeu Mestre Raposo. – Curados pela eternidade! Talvez você tenha a mesma doença que eles! Desça aqui para eu examiná-lo, assim você se juntará a eles!

Tico, não querendo acreditar no que seu coração lhe dizia, falou:

– Raposo, não brinque com coisa séria! Entregue meus filhos agora!

– Você não entende mesmo, caro Tico! Desça e venha até aqui, não sofrerão nunca mais...

O desespero do Pardal misturou-se ao ódio nas suas palavras:

– Seu facínora, bandido, devorou meus filhos! Não me diga que fez isso!

O Ruivo, passando as mãos na barriga, respondeu:

– Eu os comi em nome de minha fome, seu tolo! Bem que dizem mesmo que os pardais são inocentes e parvos. Como pode acreditar que sou médico, Tico? Agora, se quiser, sei como aliviar sua dor – Raposo sorria ao dizer isso. Em seguida, virou as costas e foi embora, deixando o Pardal chorando desesperadamente.

Após horas de lágrimas, o Pardal começou a pensar numa maneira de vingar-se de Raposo.

– Miserável, assassino! Vou fazê-lo pagar por esse crime! Não descansarei enquanto não tiver minha vingança! Mas, como eu, pequeno e frágil, poderia me vingar daquele desalmado?

O Pardal passou dias e noites pensando numa maneira de pôr em prática sua vingança, mas nada lhe vinha à cabeça. Certa manhã, estava voando por perto das árvores em que dormia, quando teve uma ideia. Quer dizer, a ideia estava caída numa vala à beira da estrada. Um grande cachorro estava muito ferido, era só pele e osso. Tico, que possuía um nobre coração, se aproximou do animal, que seguramente morreria se ninguém o ajudasse, e rápido.

– Senhor Cachorro, qual o seu nome e o que faz aí assim, à beira da morte? Saia daí, não pode se entregar! Levante, amigo! – o Pardal falou, penalizado.

– Me chamo Pelota! Não como há dias, nem me lembro do sabor da carne e muito menos do frescor da água! Fui abandonado pelo meu dono, que não vê mais utilidade em um cachorro velho!

Tico teve uma ideia e perguntou:

– Se ainda tiver o mínimo de força e se arrastar até a estrada, talvez eu possa salvá-lo da morte!

O Pardal havia notado ao longe a aproximação de uma carroça e, enquanto Pelota se arrastava lentamente, Tico voou para ver o que havia de boa comida que pudesse salvar o moribundo. A sorte sorriu para o pássaro, ou melhor, para o faminto Cachorro, que a essa altura já estava estendido à beira da estrada. A carroça trazia grande quantidade de carne-seca, que seria vendida na cidade.

– Preciso que junte todas as forças que lhe sobraram. Espere a carroça passar, pois ela tem um bom carregamento de carne-seca. Quando eu distrair o condutor, pegue tudo o que puder e se esconda.

Assim que deu as instruções ao cachorro, Tico parou bem no meio da estrada, fingindo estar com uma asa quebrada. O homem, ao ver o pardal ferido na estrada, parou a carroça e falou, sorridente:

— Ah, que sorte, hoje poderei alegrar minha esposa que há muito me pede um pardalzinho de presente!

O homem desceu da carroça e foi em direção ao pardal, achando que seria fácil capturá-lo, já que ele parecia estar machucado. Quando estendeu a mão para pegá-lo, sentiu somente o vento das asas do pássaro! Tico voou uns dez metros à frente do homem e pousou novamente na estrada, fazendo o carroceiro ir atrás dele.

— Agora você não me escapa!

Quando estava próximo de agarrá-lo, Tico voou novamente mais à frente. O carroceiro não desistiu. Quando o Pardal viu que o havia afastado o bastante da carroça, voou para os galhos seguros de uma alta árvore, longe das pedras que o carroceiro lhe atirava. Humilhado e sentindo-se um grande idiota, o homem voltou para a carroça. Ainda bufando de raiva, nem notou que ela estava mais leve. Pelota surrupiara grande parte da suculenta carga, escondendo-a num lugar seguro.

Quando Tico chegou, o Cachorro já havia devorado quase toda a carne-seca que podia e, depois de esconder o resto para outro momento de fome, falou, alegre e com as forças recuperadas:

— Realmente engenhoso! Eu lhe serei eternamente grato pelo que me fez, Tico. Se precisar da minha ajuda, pode contar comigo. Mas agora me deu muita sede, preciso beber água!

Saíram à procura de uma fonte e, assim que encontraram uma que jorrava a água mais fresca que se podia beber, Pelota, dando pulos de alegria, começou a beber o quanto necessitava para saciar a sede.

Tico lhe perguntou, com ar pensativo:

— Ainda há pouco você me disse que viesse em seu auxílio, caso eu precisasse de você.

O Cachorro, parando de beber água, olhou para ele e disse:

— Tico, meu amigo, você me salvou das garras da morte. Saiba que tem em mim seu melhor e mais devoto amigo! Diga-me, como posso ajudá-lo?

– Sei que a vingança não é uma ação nobre. Deve ter ouvido falar do Mestre Raposo, o assassino e ladrão temido em todos os cantos deste reino. Pois bem, ele me enganou e devorou meus sete filhos, em minha presença. Nada pude fazer contra ele. Sou pequeno e frágil! – suspirou fundo. – Salvei você com a melhor das intenções. Eu o vi nas garras da morte e sabia que precisava fazer alguma coisa. Eu o vejo como um amigo, e talvez como a única possibilidade que tenho de me vingar do Raposo, que tirou minha alegria de viver. Poderia me ajudar?

– Reconheço um coração sincero quando vejo, e sua causa, sendo justa ou não, também não vem ao caso! – olhou amavelmente para o Pardal e completou: – Vou me vingar de Mestre Raposo em seu nome. O que precisa que eu faça? É só me dizer, meu bom amigo.

Tico, animado com a resposta do Cachorro, falou:

– Não fará nada enquanto não estiver suficientemente forte, meu amigo Pelota! Por ora, somente vai comer e beber e, daqui duas semanas, acredito que estará pronto. Nada lhe faltará e, se faltar, eu buscarei meios para trazer tudo o que você precisar. Quando chegar o dia combinado, levarei você até a árvore onde Raposo devorou os meus filhos. Você já estará lá escondido. Quando Mestre Raposo se aproximar, pule sobre ele e o enforque. Assim meus filhos estarão vingados! Estamos combinados, meu amigo?

O Cachorro piscou e respondeu, sorrindo:

– Combinadíssimo, meu grande amigo Tico! Raposo nem saberá o que lhe caiu sobre seu pescoço. Seus dias de crimes chegaram ao fim!

Tico, depois de breve silêncio e comoção por lembrar-se de seus pequenos filhos, respondeu:

– A justiça tarda, mas não falha! Se não vem correndo, vem lenta, mas vem sedenta, vem com fome, vem na noite ou vem no dia, e agarra os criminosos que se acham imunes a ela.

Os dois amigos se despediram e durante as duas semanas que se seguiram o Cachorro dedicou-se a comer, beber e dormir. A cada dia que passava era visível sua melhora, estava engordando e ficando robusto. Quem visse Pelota não o reconheceria. Não era nem sombra daquele magricela encontrado na vala pelo pássaro.

Durante esse tempo o Pardal ficou pensando em um plano para fazer Raposo segui-lo até a árvore sem desconfiar de nada.

Enquanto isso, n'O Castelo, Raposo nem em sonhos imaginava que um insignificante pardal arquitetava uma vingança contra ele, o temido e admirado Mestre das artimanhas. E mais, nem se lembrava do pobre Tico e de seus filhos, que devorara sem remorso algum. Nenhuma culpa o fazia perder o sono, e mais, se o próprio César, o rei, o perdoara, quem ousaria vingar-se dele? Com esse pensamento, vivia tranquilo e em paz. Seria o grande erro do Mestre da prudência o excesso de confiança?

Assim, o tempo passou e chegou o dia em que Tico conduziu Pelota até a árvore onde seus filhos haviam sidos devorados por Mestre Raposo.

– Amigo, está tudo bem? Continuemos com o plano? – perguntou, ansioso.

Pelota respondeu:

– Tudo certo, aqui estou para cumprir sua vingança, por você e seus filhotes!

Ao ouvir aquilo, o Pardal começou a pôr em prática o plano que havia elaborado detalhadamente.

Passou despreocupadamente diante das portas d'O Castelo, pois tinha certeza de que o Raposo estava lá.

– Mas que surpresa, meu amigo Tico! Por onde tem andado desde nosso último e inesquecível encontro?

O Pardal, indignado e roído de dor e ódio por ver diante dele o assassino de seus filhos, respondeu:

– Realmente é um descarado, Raposo! Não tenho mais forças para viver, passo minha vida chorando e desejando morrer para me juntar aos meus filhos! Mas desejo morrer como eles, pois fui o grande culpado pela morte de cada um. Gostaria que me devorasse, mas quero que acabe com minha vida no mesmo lugar onde devorou meus filhos! Seria possível atender a esse meu último desejo?

Raposo, escarnecendo do Pardal, respondeu sorrindo:

– Ah, meu amigo Tico, por que me fez esperar tanto! Não sente vergonha de ter deixado seus filhos sentirem saudade de você? Bem, vamos, então! Eu sabia que mais cedo ou mais tarde você viria até minha boca!

Tico, controlando seu ódio ao ouvir aquelas zombarias, partiu na frente de Raposo, que o seguiu cantarolando. Nunca uma refeição fora tão fácil! Mas ao chegar à árvore e se preparar para devorar Tico, sentiu uma grande boca lhe agarrar pelo pescoço, não o soltando mais!

Não houve resistência por parte de Raposo, Pelota era mil vezes mais forte e, raivoso, o sacudiu no ar, mordendo-o com violência e vingando a todos que tanto sofreram pelos crimes do astuto Ruivo. Tico, ao notar que Mestre Raposo não se movia mais, gritou, satisfeito:

– Pelota, meus filhos estão vingados... Pode deixá-lo! Este não fará mais mal a ninguém!

O Cachorro jogou Raposo contra a árvore, deixando-o imóvel na terra. O grande e temido facínora não mais se mexeu. Pelota, ainda, o olhou por mais alguns segundos e, ao chamado de Tico, partiram felizes. A justiça tardou, mas chegou.

Esse foi o fim de Mestre Raposo, a morte também chegou para ele!

Morte, onde está dito morte? O que se escreveu foi que ele não mais se mexeu, e não que morreu!

Na sua última cartada, era o que lhe restava, fingir-se de morto para suas histórias e lendas não morrerem. Repare bem, o Mestre Raposo está vivo e ativo em todos os lugares; por isso, prestem bastante atenção às suas visitas e encontros por esses cantos em toda parte e em todo lugar...